古城亳州的街巷芳华

李丹崖 著

一本千古谯郡的风物读本

一册亳州古城的街巷志

在一草一木、一砖一瓦里寻觅往昔的传奇

合肥工业大学出版社

图书在版编目（CIP）数据

古城亳州的街巷芳华/李丹崖 著.—合肥：合肥工业大学出版社，2018.9
ISBN 978-7-5650-4188-4

Ⅰ.①古… Ⅱ.①李… Ⅲ.①散文集-中国-当代 Ⅳ.①I267

中国版本图书馆CIP数据核字（2018）第216057号

古城亳州的街巷芳华

李丹崖 著　　　　责任编辑 疏利民

出 版	合肥工业大学出版社	版 次	2018年9月第1版
地 址	合肥市屯溪路193号	印 次	2018年9月第1版印刷
邮 编	230009	开 本	710毫米×1010毫米 1/16
电 话	总 编 室：0551-62903038	印 张	16.75
	市场营销部：0551-62903198	字 数	163千字
网 址	www.hfutpress.com.cn	印 刷	安徽联众印刷有限公司
E-mail	hfutpress@163.com	发 行	全国新华书店

ISBN 978-7-5650-4188-4　　　　定价：48.00元

序

绝代风华的遗落

薛　冰

公元 1014 年，北宋真宗皇帝赵恒经涡河临亳州拜谒老子太清宫。他撩起龙袍登岸，见紫气氤氲，遂赐渡口名为灵津渡；于北门外万寿宫歇息，赐改明道宫；经北城门入州府，赐北城门为均禧门，城楼名为均庆楼。这座古老的中原名城，随着北宋的繁荣，进入了绝代风华的衮秀盛世。

古亳滥觞于帝喾先商，春秋有城为焦，楚平王望举中原，筑谯城以为北都。此后，有“中州锁钥，南北通衢”之誉的亳州城历经兵燹战火，城池兴亡起伏，命运多舛。但自北宋之后，亳州城趋于稳定发展，城市手工业和商业，还有中药材种植、加工、贸易，共同推动了这个城市走向空前的繁荣。至“康乾盛世”之时，亳州共有街巷180多条，五行八作，大都以商业手工业为主，尤其是中药材的贸易，药号林立，堂口如云，是名副其实的全国四大药都之首，人云“境大货穰，体视大邦”，时有“小南京”之名。

亳州城之“奇”，奇在州城之外的商城。城外有城，似牛饮于涡河，所以又称“卧牛城”。北城门之外，涡河之侧，渡口码头之畔，商城有圩有栅栏门，千户云集，万商流转，繁华远胜于州城之内。亳州的街巷之“特”，特在其产生于涡河码头和州城之间。商人们以行帮为纽带，以行业集聚为目的，前店后坊，一街一品，大部分街巷以商业命名，如白布大街、打铜巷、牛市等。这是中国乃至世界从公元11世纪到18世纪，手工业和商业发展的标本之城，是绝代风华的遗落。

李丹崖先生生于斯，长于斯，少时的梦境和长大后的思索，促使他阅遍大量史志。游走于古老的街巷中，体会绝代风华的神韵，追寻着芳华岁月，用手中的笔，勾勒出一幅幅散发着芬芳的老街盛景图。终于，他采撷众多的花蕊集结成了《古城亳州的街巷芳华》一书。这本书对于丹崖来说，是亳州人的责任，是梦幻般的使命，记录岁月使他如醉如痴，不能自已。

该书主要以白描的笔触，透过斑驳的古城街巷、院落、人物故事，展现了这些黛门青砖曾经的芳华浓妆，一如街巷里走出的穿着红色旗袍撑着粉色花伞的伶优，那样浓艳，那样绝尘。这，就是那倾城倾国的绝代风华。

丹崖的《古城亳州的街巷芳华》，赋予了古城街巷新的色彩和穿越古今的情感。如今，古城街巷正受众人的保护和加以利用之中，现代的文化旅游让这些曾经芳华的古城街巷再现红装素裹，曲线婀娜。斑驳的是历史，鲜艳的则是文化的传承。让我们静下心来，一起品读丹崖和他的《古城亳州的街巷芳华》。

2018年仲夏夜

（作者系亳州文化旅游控股集团有限公司党委书记、董事长）

自序

春风十里，不如老街半顷

李丹崖

亳州古城曾是一片高舸大樯的靠岸之所。1067 年的一个春日，被贬的诗人欧阳修正处意志消沉时期，乘船到亳州赴任，从亳州北关登岸，当途经涡河龙潭时，被龙潭边的幽僻风光所吸引，心情瞬间由阴转晴。登岸后，看着市井繁华，人心纯净无私，欧阳修旋即找来文房，写下了如许诗句：

碧潭风定影涵虚，神物中藏岸一枯。
一夜四郊春雨足，却来闲卧养明珠。

欧阳修后来称亳州为“仙乡”，这与他对亳州的第一印象密不可分。

亳州是通往东京汴梁的黄金水道，也是十三座驿站的首站。当年，宋真宗也正是乘船从灵津古渡登岸，到北关老街的里仁街去购买灵芝，然后到明道宫和道德中宫去拜谒老子。“药不过亳州不灵”，这是宋真宗说的。他坚定地认为，道家鼻祖在这里，神医华佗在这里，这里是福地，自然出神药。所以，我们大可以作合理想象，去北关的大街小巷，追随宋真宗寻医问道的脚印。

亳州是被陆游盛赞过的轻纱产地。千百年来，亳州人爱稼穑，善农桑，织布纺纱，勤劳善良。亳州出的轻纱深深地折服了陆游，他说：“亳州出轻纱，举之若无，裁以为衣，真若烟霞。”不仅如此，亳州也是上等布匹的出产之所。老街内原建有葛仙祠，后为染业会所。会所之大，咸能让各种布匹着色，挂染晾晒之场，如西天落霞，蔚为壮观。

亳州还是李鸿章当铺的开设之所。提及李鸿章当铺，也许不像山西平遥钱庄那样有名，但是在安徽，李鸿章及其族人所开设的当铺足有数十家，曾名噪一时，被称为“江淮第一当铺”。北关老街的承德街（今新街）曾开有李鸿章当铺，规模大，人头攒动，门不停宾，曾为北关老街一景，只可惜后来毁于兵燹。

亳州更是当年曹操的练兵之地。为匡扶汉室，曹操曾多次返乡征募乡勇。征兵之后，就在北关马场街附近的洼地处练兵，至今北关老街还留有拦马墙和饮马坑。当年的拴马槐老后枯焦，死而复生，至今仍有新苗葳蕤。

亳州曾是里坊制推行的街区活化石。以商业驰名中原的北关老街，寸土寸金，商户门庭若市，南北商贾络绎不绝，摩肩接踵。这里所经营的中药材、红堂大鼓、铜器等物品货通天下，凡所能云之物品，无不详尽。

春风浩荡好行船，行船当来是北关。当二月的风和三月的雨融融地弥漫在北关的时候，这里名园遍地，牡丹芬芳。山西商人王同之云：愿挥黄金万镒，换北关三寸日光。

是的，春风十里，哪抵北关半顷？

苏童说，乡土是一个作家最大的粮仓。如此，我是蹲在粮仓里撰写和北关有关的文字。这里的街巷带给我源源不断的书写力，这里的一草一木带给我丰盈的灵感。作为一个书写者，我是幸运的，能够多次如此近距离地和北关亲密接触。

感谢北关。

是为序。

2018 年 8 月 18 日

序　绝代风华的遗落　薛　冰　/001

自序　春风十里，不如老街半顷　李丹崖　/004

目录 CONTENTS

第一辑　深巷往事

白布大街　/003

一条神仙大儒王侯将相的长宴桌　/006

亳州鼓，苏州锣，响遍南北大江河　/011

承德街前的桃花　/015

从洪济桥到南京巷　/018

打铜巷里的细密时光 /022
大有街的流光碎影 /026
看似寻常巷陌，实则道德深藏 /029
老砖街的叩问 /032
一条从《论语》里走出来的街道 /035
掩饰不住的膏药飘香 /038
没有干鱼的干鱼市 /042
没有马嘶的马场街 /045
清幽温婉北门行 /048
羊市街的徘徊 /052
银票上的北关老街 /056
永和街的隐喻 /061

有人在翠花巷等你 /064
在咸宁街溜达 /067
执手相看，时光如瓷 /071
纸坊街的药香 /074
装在酒篓里的花子街 /077

第二辑 人文遗踪

百年匪事一汤平 /083
百年回望苏公祠 /086
曹操的拦马墙与饮马坑 /090
到粮坊会馆听相声 /092

犹龙存也，大道无垠 /095
道教至尊的一碗酒 /099
风流未歇，柳湖书院 /101
万顷秋色檐上看 /105
虎头岗 /108
花井崖北望明王台 /111
走进北关可以无问西东，双杆插云不舍云斗飞凤 /114
华佗犹在华祖庵 /117
淼淼明眸，西北青睐 /121
美哉，花戏楼 /124
千古浮沉万寿宫 /128
蔚为大观一座楼 /131

五龙王庙 /135

心怀咸宁，天下太平 /138

雪落，想起三眼古井 /141

上天梯 /144

百年古祠一朱公 /147

目录 CONTENTS

第三辑 坊里人家

北关的温度 /153

从帽铺街出发的万家灯火 /155

到老院子去发呆 /159

灯是古城不眠的眼睛 /163

坊里人家的小日子 /167

和一片小瓦做朋友 /171
胡同是走累了的街道 /174
老街里的静时光 /177
老街慢 /181
绿杨深巷马头斜 /185
每个人的青春都有一家老字号 /188
门牌：老街的腮红 /191
七月十五散河灯 /195
芍药烹香，红袖煮茶 /197
美不过四合院的月光 /200
小雨轻风落楝花 /204
一条姓何的巷子 /207

做个亳州人是件幸福的事 /211

张虚谷这个人 /215

第四辑 古城之味

寻味亳州，首选花戏楼街 /221

到老街，吃一碗三花面 /226

情迷小馆子 /229

古道芍花鸡 /232

微醺过老街 /235

小巷焦虾 /237

英雄难过水门关 /239

雨天，在老院子喝茶 /242
在曹操纪念馆门前吃牛杂面 /244
娃娃鱼 /247
跋　在故乡的怀抱里奔跑 李丹崖 /249

第一辑 深巷往事

街巷是城市的掌纹，流淌着人群，留存着千百年的记忆，也流传着不眠的人文传说。“一街一传奇，一巷一故事”，是亳州古城的特色，请随我一起翻阅亳州街巷里至今鲜活如初的往事。

白布大街

一块白布怎么拴住一条街道?

白，是朗朗的白，街是黑白分明的街。青砖灰瓦的清代建筑，街面两边可以卸下来的门板，老街深处的吆喝声，连同沿街而下可闻的涡河波涛声，交汇在一起，这就是白布大街的全部。

布匹，是旧时人生活必需品。谁家举办婚丧嫁娶，都少不了布匹的参与。孩子过百天，姑妈给孩子做个黄肚兜，要去布庄；谁家嫁闺女，当然更要去布庄扯几块缠枝莲的被面；家里的男人，中山装该换了，一样要去布庄……清末同治年间，河北省商人韩如山在白布大街开办和泰公布店，足足投了十万雪花银，建了一座中西合壁的“大洋房”。那是一个洋文化铺天盖地汹涌而来的时代，故而布店用的是洋派的门脸儿，内在建筑还是中国风的，很能印证当时人的情怀——崇尚洋派，内心还是很传统典雅的。随着时代的变迁，人们自己买布裁衣的传统逐渐消失，和泰公布店也已不复存在，但在时下，每每有人谈及白布大街，和泰公布店的绸缎布匹依旧在他们心中有着深深烙印。

远在宋代，陆放翁就在《老学庵笔记》中这样记述：“亳州出轻纱，举之若无，裁以为衣，真若烟霞。一州唯两家能织，相与世世为婚姻，惧他人家得其法也。”也就是在这片街区所在的城市，轻纱十里，远销九州，万人热捧，多少佳丽以得到一抹亳州轻纱为荣，那感觉，远超今人对 Hermes(爱马仕)、Chanel(香奈儿)、Prada(普拉达)等品牌的迷恋。

东方女人嘛，多少还是要以中国风为美的。穿上旗袍、轻纱，在古巷、深街，步步莲花，婀娜生姿，多契合中国元素。而这一切，在明清时期的亳州，一条名叫“白布”的大街上，悉数成全。

名为“大街”，实则不大。早年间，仅仅允许两辆黄包车并行，如有两副小挑馄饨的担子横着行，估计要有一个到街边的店铺内避一避、让一让。担着小挑的师傅上台阶避让的工夫，就能感受到炉灶内馄饨的香溢满了整条白布大街。

我没事的时候，喜欢到白布大街去走一走，从北门口，进入街口，扑面而来的是同仁堂药店的中草药香。这里，一度是亳州人寻医问药的必去处。再往里走，瑞昌恒老店里的绿豆糕，绿豆的清爽、冰糖的甜，直逼你的嗓子眼。新华池是一座大浴室，表明亳州人自古就有泡澡堂子的习惯。我曾在很多文章中写道，亳州人与人交际，喜欢请人泡澡。澡堂子里刻一只萝卜，下池子泡上一泡，如此赤裸相见，就拉近了人与人之间的距离。还有紫阳斋的酱菜，有着和它名字一样美好的味道，从这里走出去的酱菜开了全城人的胃口……

曾经的繁华，如今已被现代化都市的林立高楼所取代。白布大街如今更多的是对一段时光的贮存，对一段记忆的坚守。当曾经的热宠被今时的冷落取代，白布大街选择安静地退避，好像一张彩照褪色成了黑白照，但这丝毫不能阻挡人们对怀旧的探索。如今的白布大街，时而有游人穿梭其间，拍照采风者络绎不绝。而那些在老街深处生活的人们，守着一方老宅院，过着恬淡而知足的生活，内心深处，也好像展开了一尺白布。

一条神仙大儒王侯将相的长宴桌

从亳州老城门楼向南，直至大隅首——这条街道位于亳州老城以内，古意犹存，两侧商铺鳞次栉比，街上人潮汹涌，一度是亳州最繁华的商业中心。另外，以这条街道为主干，两侧的巷口呈鱼骨状分布，深巷中居住着文臣武将、书坛圣手、知名乡绅等，还常常有精神领袖在此布道讲学，可以说是亳州最有文化、最具能量的一条街。

衡量一座城池的精神高度，要看它的宗教信仰。

从北门口向南，穿过城门楼，北门内大街之西，曾有一座古刹，旧名“崇因寺”，宋朝以后改为“咸平寺”，名称流传至今。这座寺庙绀楼碧宇，广殿崇阶，巍焕庄严，具有兜率干霄气象，被誉为“谯城第一精蓝”。平日里，往来僧侣络绎不绝，方圆百里闻名遐迩。

除此，在老祖殿街，还有一座道德中宫，又名“老祖殿”或“老

熙熙攘攘的北门大街

子行宫”，是我国古代伟大的哲学家和思想家、道家学派创始人老子讲学授道的宫观。孔子率众弟子曾多次来此问道求学。于是在宽不足十米的小巷内，留下了儒道两大思想的深度交锋碰撞。唐太宗、唐玄宗、宋真宗三位帝王曾巡莅亳州，为的就是拜谒此宫。千年不息的道德光辉至今闪耀着。

评赏一条街道的文化涵养，要看它怀抱里的骄子。

自古最贵，莫过于文人笔墨。在北门大街以东，今夏侯小学西侧，是清代著名书法家梁巘的故居，这位曾与张照、王澍、刘墉、王文治、梁同书齐名的书法家，执笔运臂，力透纸背，字迹如行云流水。他曾经写下“生有知，死有闻。死而无闻，与草木何分！”字不惊人死不休。他少年求学金陵，后任寿州循理书院山长，在他的谆谆教诲下，诸多弟子（如邓石如）声名远播，名耀华夏。

乡绅是文化涵养的重要组成部分。与梁巘故居一街之隔的张虚谷故宅，是皖北最具代表的四合院建筑。院子的主人张虚谷，众人皆称他是一位儒商。他喜结交朋友，工于建筑之美，乐与圣贤为邻，在此建房造屋，终慰平生。

观测一条街巷的雄厚地气，要看从这里走出的武将。

位于北门大街中段的夏侯巷，是夏侯氏家族的聚居地。这条巷子单看格局，就比别的巷子宽一些。夏侯家多出武将，辅佐曹魏江山，叱咤三国，立下了惊天地泣鬼神的赫赫战功；而如今看这条小巷，犹如“绮丽的山风收住了鞘”，温文尔雅，寻常百姓出没于此，感受夏侯巷的路牌带给他们的一种力量的护佑。

城内西北隅清风巷，有一处张柔故居旧址，屋宇寥落，曾居住着一位对亳州城有再造之功的武将。金哀宗天兴三年（1234），凶狠的蒙古军掘开了黄河堤坝，导致涡河之水暴涨，整个亳州变成了一片泽国。后来，亳州城墙被冲毁，元朝大将张柔自河南杞县移师亳州，重建了城墙，自亳州至开封筑甬路120里，建桥15座，通商贾。虽然为此也破坏了一些建筑，但他对亳州城是有再造之恩的。相传他为了建造城池而拆掉了魏文帝庙，但对于保全一座城市来说，这也无可厚非。

北门大街上颇具市井风情的墙绘

感受一条街道的风骨，要看这里走出去的帝王。

位于北门大街南端的曹巷口，顾名思义，定然和曹操家族有关。这里位于主城区的最中央，达官显贵多在此居住。与此紧邻的是夏侯巷，一南一北。于是我猜度，曹操家族说不定就在这里居住，不然，为何给巷子这样命名？

我曾经想过从高空俯瞰北门大街的情景，整条北门大街像是一条长宴桌，神仙宫观，曹操家族、夏侯家族、汝南王张柔、书法家梁巘、儒商张虚谷纷纷落座，这该有着怎样的气派？在亳州，恐怕再也没有任何一条街道可以与之比肩！

亳州鼓，苏州锣，响遍南北大江河

北关小巷深深，其中多有技艺精湛的手艺人。这些手艺人所做的工艺品，有的远销四方，成为驰名南北的名牌产品。比如，小牛市街的红堂大鼓。

红堂大鼓如今已成为各中国风装修店铺的热宠

旧时，小牛市街做鼓的有20余家，所生产的盘鼓、腰鼓、花鼓、拨浪鼓、红堂大鼓远销广东、山东、江苏、浙江等地。生意好的时候，往来小牛市街的商户络绎不绝，生产的大鼓供不应求。

鼓在中国乐器中比较特殊。一般它一出场，伴随的情境要么喜悦、要么节奏感极强，著名音乐家谭盾曾专门用鼓在李安的电影《卧虎藏龙》中配合打斗场面，武侠高手在屋檐上身轻如燕，鼓声响起，那人好似鼓槌，屋顶则像一张鼓皮，鼓声如雨，燕脚飞落，节奏感强，声音悦耳，韵律和谐，是典型的中国风韵。

红堂鼓可做成大小不一的尺寸，大似圆桌，小可拇指头一般，外面用红漆粉刷，并绘有龙凤等纹饰。鼓的侧面，嵌以瑞兽做成的鼓环，看起来吉祥喜庆，是很多演出团体的必备乐器。

民间的意愿，往往最能反映一件事物的真实情况。当年红堂大鼓最火爆的时候，街谈巷议之中有顺口溜传唱：“亳州鼓，苏州锣，响遍南北大江河。”如今仍有不少老人还记得这句话。

20 世纪 60 年代中国京剧团随团出国访问，曾专门来亳州订购“亳塔牌 20 型” 红堂鼓，也正是这款鼓，曾荣获国家轻工业部金奖。小小的一面鼓，竟获如此殊荣，谁曾想到，这样的部优产品，竟然出自亳州北关一条窄窄的小巷。

农历的二月，正是亳州泡桐树开花的季节。泡桐花开的时候，空气里飘满着甜丝丝的香气，春天的氛围立马就足了。泡桐花呈粉紫色，远远望去，像是绯红的云，栖在树梢上，俨然仙境。泡桐树生长得快，木质疏密匀称，在亳州有大面积种植。用泡桐木做出来的红堂大鼓，音色纯正，外观大方。由此可见，它是做红堂大鼓的不二之选。

鼓皮多以水牛皮为原料。以水牛皮做成的鼓皮，平整坦荡，阴晴天声色不改，悦耳动听，且坚韧异常。现如今，很多装修入时的餐馆或民宿，多喜欢以“鼓”为特色，主打中国风，所用的桌、椅、茶几乃至床头柜，都是以鼓为造型，有些板凳就是大鼓，可坐、可赏玩，很有雅趣。

前不久，我行走在小牛市街，去寻访一位造鼓的匠人。慵懒的午后，他中午饮了些酒，说是刚刚接了大订单，一开心就整两盅，这真符合亳州人的性格。他给我演示做鼓的技法，娴熟有致。他是个脸膛红润的中年汉子，这样的脸色兴许是夹杂了酒意。不知怎的，我总觉得这和他制的鼓天然的神似。

如今，仍有不少人家门前放着鼓模，走进去一问便知，他们仍在承接全国各地的红堂鼓定制。尽管不少城市也有造鼓的厂家，很多懂行的老艺人还是首选亳州红堂鼓来演奏配乐。这是艺人对匠人的信任和推崇，也是一种心灵的呼应。

我有时候想，如果说北关是老成持重的话，小牛市街就应该是它顽皮的童年，红堂鼓的鼓点里记录着北关的蹒跚学步和少年心事。

承德街前的桃花

所谓承德街，不是与河北省承德市有关系，而是安徽省亳州市北关的一条老街。河北省的承德市是清雍正年间才取的城市名称，而亳州的北关在商代就有街巷萌芽，唐宋时期街巷已经相当丰满。故而两者并无关联。

承德，寓意“继承大德”“承接德泽”。古时，亳州为道家鼻祖老子的出生地和主要活动区域。《道德经》是老子的经典著作，故而取此街名，让后世亳州人铭记先贤思想，传承先祖德泽，成为贤德之才。

街巷寄寓着人们对先贤的缅怀和追慕，千百年不改。多年来，居住在承德街的人们过着安逸的日子，他们在街巷前用陶缸种植桃花，桃花开得灿烂，街巷内的阳光正好，人们把被子搭在窗前来晒，自己则在门外抄着手，懒洋洋地负日之暄。

这是当下难得的宁静与安逸。

1925 年 10 月，当承德街的居民忙着准备年货，迎接新春的时候，臭名昭著的“东陵大盗”孙殿英带领一帮匪众，攻进了亳州北关，当时，北关只有城墙土圩，哪里经得起土匪的枪炮攻击。孙殿英攻破亳州北关以后，烧杀抢掠，无恶不作，北关火光冲天，承德街就毁于这次匪患。

据《画说老亳州》一书记载，当时一同烧毁的还有李鸿章的儿子李经熹在街头开的一家典当行——仁和典当。李鸿章的家族钱庄被誉为“江淮第一当铺”，在周边千余公里享有盛名。当承德街毁于一旦之时，很多人逃命而去。匪患退去，人们带着感伤回到故地，家园狼藉，仅留残砖破瓦，在烟熏火燎的气息中，一片焦黑。

后来，人们重建了这条街道。为了铭记孙殿英祸亳之耻，人们把这条街道更名为“新街”，一直叫到现在。当时被烧毁的李鸿章那家典当行，改成了茶楼，生意一直很好，不亚于当时的黄淮名楼——大观楼。

我曾问过许多在老街内生活的老人，为什么很长一段时间内，承德街上种的都是桃花?

答曰：一层意思是花开平安富贵，另一层意思是让灾祸“逃之夭夭”。其实，栽种桃树下面的陶缸的“陶”也取“逃”的谐音。由此观之，街巷内的人是何其爱好和平，期待安宁平和的日子。

尽管现在承德街已经更名为“新街”，但我还是喜欢称其为“承德街”，总感觉这样的名字才配得上它曾经古拙的身份，如有可能，我建议还是要改回它原来的名字为好，让历史给我们贮存的那段档案由此续接。

阳春已至，承德街的桃花该开了，粉面的桃花向暖而生，静美俏丽。若有可能，我们不妨在某个午后去逛逛，在回溯一段旧时光的同时，开启新的岁月。

承德街虽古意不在，但其他的每条街都帮它见证往昔的繁华

从洪济桥到南京巷

洪济桥不是桥，而是古街道深处的一条小巷。为何叫作“洪济桥”？因为这条小巷里，有一座更楼。由于街道窄且深幽，考虑到方便行人，建造者在建造这座更楼的时候，下面只用一根柱子支撑，因而有“一根明柱盖座楼”的说法。

更楼依然在，更声却早已随历史的烟云远去。如今再走在这条小巷里，刚入巷口，扑面而来的是旧式糕点的甜香。一连好几家糕点店门前都排满了长长的队伍，全是来买“果子”（亳州人称糕点为“果子”）的。亳州有这样的风俗，谁家儿子要结婚，请媒人要带果子，否则，媒人不高兴，说起对象来，嘴里半截肚里半截，男方的好处没有说尽，这可如何是好？足见，一桩好姻缘，在一定程度上要拜这些果子所赐。果子，多喜气呀，说出来就给人满口的蜜意。吃到嘴里，香酥可口，甜得掉了渣，也不忘用手掌收着，再次收拢在舌尖上，慢慢享受糕点的香，一如慢慢行走在这洪济桥的小巷里，睹物，思人，怀古。

洪济桥旁边有一口古井，井清冽洞明。据传，此井与不远处的涡河相通。小巷深处的某户人家两只鸭子落入井内，第二天，有人竟在涡河边上发现了它们。也有人说，此井通到东海，是东海龙王远游的秘密通道。当然，这都是神话传说，是洪济桥老街上的老人敝帚自珍的说法。传说也罢，轶闻也罢，足见这是一条有灵气的小巷。

如今的南京巷仍存留有小南京的旧时繁华

我唤它小巷，在旧时，别人却不这样看。这里曾经是古亳州繁华的商业街，商贾云集，前来亳州做药材生意的各地商人都这里休憩、怀古，得意失意，都会在这条小街上收拾心情，在小街上喝点小酒，叫上一份花生米，半份白煮牛肉，第二天再战商海。亳州这座城，总是让人奋起，哪怕是小街巷，也令人肃然。

从洪济桥往北走，有一条东西走向的街道，分为两段，西为里仁街，东为爬子巷。里仁街是中药材交易的重要区域，也算是最早的药市了。明清时期，亳州与禹州、辉州、祁州并称“四大药都”。里仁街见证了亳州药市的兴盛，这里的每一块砖瓦，如今拿出来叩三下，仍有菊花和芍药的香气。爬子巷，名源于一个孝子的传说。旧时，这条街上住有一对母子，母亲眼盲，儿子下肢瘫痪。为了养活母亲，儿子就每天爬着去乞讨，供母亲度日。后人感念孝子的天地可表之心，就把这条街道取名“爬子巷”。里仁，寓意来往街里的皆仁达之士；爬子，谁说爬在地上的乞者没有菩萨心？从街道的命名上，也足见这一带德化之风。

走过里仁街和爬子巷的街口，往北走，就是南京巷了。南京巷可是一条富庶的街道，这里坐落着大小钱庄十余个。现存最完整的要数南京巷钱庄。当然了，这是后人的命名，其实，它是“日升昌号”在亳州的分号。

老街好比老者，脚下温润的青石板是他佩戴的羊脂玉，南京巷钱庄是他的钱包。这些青石板之所以如此具有光泽，都是往来钱庄的人用脚板给磨亮的。岁月打磨了青石板，却让老街显得愈加古朴。

街越老越有静气。如果说入洪济桥，还能感受些许市声喧嚣和人间烟火的话，那么，走进南京巷，人的心顿时就如入圣境了，街面两边，屋舍俨然，一派旧时貌。黄发垂髫，怡然自得，家猫也安详地趴在门槛边，墙上，一株蔷薇开得正艳。边走边看，再往北走，就是这座城市的母亲河——涡河。

走在涡河大堤上，回首遥望我走过的这片街区，有鸟瞰之势，街面上，人头时而稀疏，时而攒动。日升日落，人不就是街面上穿行的飞鸟，而老街可不就是飞远了，在时光里歇脚的鸟群?

打铜巷里的细密时光

打铜巷，顾名思义，因经营手工打造铜器为主而命名的一条巷子。

明清时期，亳州北关打铜巷内，工匠云集，往来客商络绎不绝，从这里运出去的铜器，经涡河航运、陆运远销全中国。

那时候，打铜巷的打铜声，细密如雨，叮叮当当，似老师傅对徒弟的叮咛。走进街巷，琳琅满目的铜器，给街巷镀上了一层古铜色的光辉，让整个巷子浑然一体，像刚从染缸里浸润出来一样。

若是在黄昏走进打铜巷，就更有感觉。夕阳如洗，满街一色，走进去，有一种恍若隔世的美。

1900 年，也正是在这样一个黄昏，一阵稀碎的马蹄声打碎了这条巷子的宁静，一队皇家模样的兵勇来到打铜巷，为首者指名让打铜匠人李师傅为他打造一面精细的铜盆，盆要简洁大方，大小只能像老街内的大月饼那么大，铜要紫铜。为首的那人正是慈禧太后跟前的红人，姓姜，名“桂题”，人送绰号“姜老锅”，刚刚统领禁卫军，这铜盆他要送给慈禧太后。

铜盆慈禧太后也不是自己用，偌大的皇宫，还差一只铜盆？其实，是因为宫里有一位她最爱的妃子患了白癜风，脖子上长了斑块，再不治疗可能会蔓延到脸上。心急火燎的妃子日日在慈禧太后面前哭泣，脸面就是女人的命啊。同为女人，慈禧太后让太医想尽了法子，仍不奏效。

就在这时候，姜桂题在慈禧太后旁边美言，说故乡亳州北关有一条打铜巷，巷内千百年来一直延续手工打铜的传统，巷内有一位李师

傅，他手工打造的紫铜盆有杀毒抗炎之功效，尤对治疗白癜风功效极好，即便不能痊愈，也会压制病灶，让其不再蔓延。

姜桂题办事还算用心，几乎是寸步不离在打铜巷待着，看着李师傅把紫铜盆做好。铜盆打好之后，月近中天，打铜巷内仍有作坊传来叮叮当当的打铜声。姜桂题对随行的人说："铜这玩意儿，是个好东西，可塑性强，耐得住敲打，越敲打就越亮。眼前的中国，也就像一块铜，原本是一件精美的铜器，被这帮洋鬼子用洋枪洋炮给打烂了，娘的球！但我相信，用不了多久，我们中国还会变回一件让全世界都眼红的铜器。"

那晚，北关一片月，万户打铜声。姜桂题怀揣一只铜盆，顾不及回家，就一路绝尘飞驰向北。

历史的马蹄掩不住打铜巷的光辉，如今，尽管百年光阴飞逝，打铜巷内仍有几户打铜匠人继承老辈人的手艺，坚守传统的手工打铜作坊。职业的抉择何其多，但他们仍传承祖上的打铜技艺，百年如一日，将铜块敲打成一件件精美的铜器。同时，也有许多人已经在传统技艺的基础上，把铜器做成了产业，精做餐具、铜版画、紫铜工艺品、文房、饰品、熏香制品等，远销海内外。

如今，到亳州旅游，手工打铜的作坊，已是游客必去之处。游客们走进打铜巷内的打铜作坊，看着手艺人在忙活，他们也不打扰，就那么站着，什么话也不说，望着打铜匠人把手里的一块铜打造成一件餐具或工艺品，若遇到满意的就买下来，挑几件送给亲戚朋友，离开时，心里装着的仍是刚才打铜匠人手艺的光辉和在打铜巷的细密时光。

大有街的流光碎影

大有街这个街名很特别。有民俗学家说，这取的是“丰年大有”之意；也有人说，大有街来自《易经》中的六十四卦之第十四卦“大有卦”，“大有”寓意“伟大的事业”；更有人说象征着“君王高高在上，拥有天下，心怀万民”。总之，大有，声势浩大，让人想起汹涌的朝代，熙熙攘攘的人群，盛世人心。

把如此盛大的名号冠以街名，犹如把大海倒进杯子。怎会如此命名？翻阅旧志，不难发现，原来大有街是城市北关通往河南省的要冲。旧时，以骡马客店、驿站、粮行居多，市井江湖，喧嚣市声，五行八作咸集于此，好不热闹。

如果让我回到古代，我一定回到宋代的大有街。那时，宋真宗驾幸亳州，路过大有街，一定兴高采烈。这是一条能给天子唱赞歌的街

老街上的砖雕纹饰处处都洋溢着吉祥的寓意

道，若建有迎接天子的仪门，作为主街道从这里经过，岂不大好？宋代的市井多发达，一幅《清明上河图》就是最好的明证。亳州毗邻开封，经济实力也不差，难怪宋真宗来到这里之后，大呼“谯都之壤，涡水之滨，是为福地”！

或是回到元末，看小明王韩林儿在这里兴建明王宫阙，看朱元璋多次往返亳地，兴许他们还在大有街前的花井崖前汲水，或洗一把脸，跨上马，健步如飞去打自己的江山。

若是回到民国，定也不错。滔滔涡河水，难掩此地男儿的英武与浩气。多次打退前来亳州兴风作浪的悍匪，让他们抱头鼠窜。说不定，也有匪兵在这里潜伏，在某个骡马客店下榻，贼眉鼠眼地刺探消息，被惯用六合八法拳的亳人发现，擒服，后改邪归正，在亳州做起了药材生意。

如果要拍一部电影，不妨就把男女主角安排在大有街相遇吧。这里的社会才是真社会，这里的江湖才是真江湖，这里发生的情节才有大传奇，这里诞生的命运才称得上是真正的跌宕起伏。

如果不能回到古代，不能穿越到旧时光，就在当下也好。在清冽的花井崖古井前打一桶水上来，去浇家里的芍药花，妖冶的花朵里，裹挟着千年的人间烟火；在明王台前驻足，高高的台基，被周遭居民密不透风地围拢着，旧时宫阙，今日民居，天下已经是芸芸众生的天下。

若有可能，不妨在大有街开一家酒馆，酒馆的名字就叫“春风十里”吧。酿酒的水，就来自花井崖；酿酒的谷物，就来自涡河腹地，还是旧时味道。天色渐晚，沉醉在“春风十里”的酒香里，醉眼迷离中，都是大有街的流光碎影……

看似寻常巷陌，实则道德深藏

毛不易在歌里唱道：“行李箱装不下我想去的远方。”我想说，那不如回到故乡，去长的街短的巷，逛一逛，释放我们压抑太久的思想。

每当我伏案写作思路卡壳的时候，就喜欢到故乡亳州北关老街里走一走。那里有两条巷子，如酵母一样，每一次都能激发我对文字和构思的想象。

一条是德振街。《周易·蛊》有云：“君子以振民育德。”这条街巷的命名与它有关系吗？问了民俗专家，曰：“德淳化俗。”果然是一个意思，积善成德，淳化乡风嘛。这样一条巷子，走进去让人肃然起敬。德振街好似一根扁担，它一头连着的巷子是“干鱼市”，顾名思义，卖干货的市场，极尽人间烟火；另一头挑起的是爬子巷，爬子巷有两种寓意，一是不能直立行走的残疾儿子为双目失明的母亲爬

行行乞，以养母亲，另一意思它本来就是“筢子巷”，卖筢子的地方。我还是宁愿相信前者，孝感天地的一条街多好。如此，德振街才真有了些德振街的意思，这是一条街的使命感，更是一座城市对道德与教化的膜拜！

另一条是纯化街。这条街原本是“淳化街”，是一条典型的清代街巷。在清穆宗时候，为避其名讳载淳，故而改为“纯化街”。这条街的命名也很有意思，老辈人都说是“俗美化淳”的寓意，应该是取自《南史·宋纪上·武帝》里的句子：“淳风美化，盈塞区宇。”它东起干鱼市，西至南京巷。很奇怪的是，它也和干鱼市有很直接的联系。

我作了一个大胆的揣测，干鱼市这样的场所，五行八作、三教九流、各色人等都曾在这里出没。刘向在《说苑·杂言》里说："与善人居，如入兰芷之室，久而不闻其香，则与之化矣。与恶人居，如入鲍鱼之肆，久而不闻其臭，亦与之化矣。"如此来看，祖辈人是怕我们被市井气息和功利心熏染，故而用两条街"德振""纯化"来警醒世人，教人心地纯净，春风化雨，善育万物。

如今，以干鱼市为起点，德振街和纯化街好似一把折扇。千百年来，收藏着英雄的骨血，收藏着萍踪侠影，也收藏着平平淡淡的小日子，这样一片区域，常常有蜂拥而至的外地游客，也常常有三三两两背着书包的学子，也有艺术家在此写生，驻足冥思。

气候宜人的皖北重镇亳州，四季分明。依靠着亳州母亲河涡河而建的北关老街，如孩子一样躺在涡河的臂弯里，人们在此繁衍生息，在此经营药材生意，在此引车卖浆，在此教书育人。因了这两条街巷，北关老街才陡增了它的价值取向和人文深度。

有时候，站在一个高处打量整片老街，始终觉得烟火日常只是它的底色，街巷之间流动的历史和传奇，以及一石一物、一草一木所承载的人文意义，才是它真正的灵魂。

看似寻常巷陌，竟然一头拴着《周易》，一头连着《南史》，真可谓："一街两巷三省吾身，五味日常道德深藏。"

老砖街的叩问

一条河的媚，或许倚重一座桥，桥有灵，河则妖娆。

一座城市的庄重，往往倚重一些砖瓦，砖瓦古意深沉，城市则厚怀待客。

公元 998 年，宋真宗即位后，要全国各州府“献瑞”。他自知亳州是出了名的药都，便特意要一些灵芝来，君王一声呼，亳州三万七千只灵芝悉数成了宋真宗的私藏。此后，宋真宗一直对亳州念念不忘。于 1014 年，他终于莅临亳州，拜谒老子，沿涡河乘船而来。登岸时，看到东侧河面上有一座砖石桥，青砖儒雅而敦厚，凉且殷实，宋真宗甚为高兴，随即赐名为“灵津渡”。

时光蹁跹，转瞬到了乾隆年间。一场大雨，导致涡河水位上涨，淹没了灵津渡古桥。迫于无奈，亳州人只得拆下古灵津渡桥，改建木桥，

用灵津渡石桥上的老砖，铺就了一条街道，名为老砖街。

这些灵津渡大桥上卸下来的老砖很大，有的重约二三十斤，还刻有不同字样的文字。造桥的也许是一些外乡人，造一座桥需要长年累月地驻守异乡，他们就把对妻儿、对故乡的相思刻在了老砖上，也把浓重的思念砌在灵津渡上。随着老砖搬运到了古街道的大地上，不知多少双脚踏上去，带走浓浓的乡情。

默默老砖，烧制它们的土壤也来自亳州本土。同样是土壤，一种是散兵游勇，随风飘散，一种是历经烈火炙烤，故而，前者散漫，后者有型。散漫的用来培育作物，有型的用来承载时光的厚度。老砖街里的老砖们，像是穿越时光的老者，记载着涡河的清波，穿越千百年，至今走上去，依稀还有涡河水的湿润气息。街面上住着的人家，也许是借着老砖的气息，格外稳重敦厚。

晨练的时候，从花戏楼广场出来，我常常喜欢拐进老砖街去看看。街巷深处，已经开了门的小超市，供应着老街居民的日用品；时不时会听到几声吆喝，有卖麻叶子、焦馓子的小贩来这里兜售自己的手艺；

也可能会在街角遇见一家餐馆，卖锅盔、牛肉馍之类的吃食，供人们逛饿了，来这里品尝街巷美味。

也有一些酒坊，前店后坊，全是手工作坊，自酿的美酒，烧酒的师傅是老街最后的匠人。亳州是酒乡。自从东汉末年，曹操把家乡的“九酝春酒”献给汉献帝，至今已过千余载。酒是陈的香。老街古建也是陈的耐看，老砖街就这样伏在城市的版图上，用也已斑驳的砖瓦，记录着来自宋朝时期的商业市井气息。在老砖街上，趴在一块老砖上叩一叩，似乎可以听到当年面街上市井的喧嚣。说不定此块老砖被当作桥栏来用，被一位站在桥上的贤淑女子摩挲着，远眺良人；也说不定哪天被一位莽夫用来磨他钝了的柴刀……

老砖，老砖，好似它的名字，“砖”可不就是“铁石心肠”与“无限专一”的结合体吗？穿越荒烟蔓草的老砖街，被亳州历史文化的雨幕洗刷得历久弥新，如今依然呈现出它昨日的光亮来！

一条从《论语》中走出来的街道

“里仁街”，这个街名真好！试看中国那么多街道，又有哪条街名出自《论语》？

《论语》曰：“里仁为美，择不处仁，焉得知？”意思是说，选择住处一定要选择邻里都很仁德的地方，如果选择了邻里都不仁德的地方居住，怎能表明你是个智慧的人呢？

这样一条街道，最早阐释了中国“芳邻”的概念。

中国人向来对“居于仁”都很讲究，

里仁街的路牌如巨人一样坐落街口

最典型的例子是“孟母三迁”。《集释》中也有这样的句子：“里者，民之所居也。居于仁者之里，是为善也。”

那么，里仁街到底是怎样一条街道呢？

里仁街是药都亳州最早的药材街。据《亳州老城》一书记载，里仁街共有药行和药号60余家，经营的药材来自东三省、川、广、云、贵、浙等地的道地药材。药市生意兴隆，往来药商来自全国各地，很多全国药铺里的名贵药材，都来自这条街道。

据载，该街道上有一家“仁和昌”药号，是由汪介眉经营。汪介眉资金雄厚，经营的药材也非常齐全，在这条街上，没有能比得过他的。很多外地驻亳的药材专业机构都到“仁和昌”采购药材，从这里采购的药材品质俱佳，深得各地药商的信任。

里仁街的地位有多重要呢？通过亳州会馆和票号的坐落位置可见一斑。

亳州北关的各大会馆，大都围拢里仁街而建。比如，北侧的山陕会馆、徽州会馆、金陵糖业公所，西侧的河南会馆、楚商会馆，南侧的江西会馆等。另外，里仁街的东首与南京巷和爬子巷相接，这两条街是均是钱庄和票号最密集的区域，足见里仁街在整个北关的重要性。

中国人做生意讲究以和为贵，邻里和睦也相当重要。有句俗话叫“同行是冤家”，但在里仁街，这句话不灵便。在里仁街经营药材的各大药号和药栈均以礼相待，平日里闲暇之时，相约到华清池去泡个澡，或者到景春楼去下个馆子，其乐融融，邻里商家亲如一家。

旧时，里仁街的许多店面的命名多以“德、信、义、仁、和”等来命名，这些店铺的标牌时时处处提醒人们要牢记古人贤德。如今，漫步里仁街，从店铺的风格上仍能见到旧时前店后坊的痕迹，还有一些旧时的医馆仍然保留至今，街巷的宽窄，仍是旧时样貌。数百年来，人们恪守祖辈遗训，尽管药市迁了多次，但是，仁德与和睦的精神被一直沿袭下来，不改初心。

药香千年，里仁街为我们贮守了一段锃亮生辉的旧时光。里仁街，这条从《论语》里走出来的街道，以其优秀的“出身”和文化基因，也从一个侧面成就了亳州药商精神的图腾！

里仁街，亳州街巷和亳州药市精神的教科书！如有可能，建议所有的药商都能重走里仁街，不忘先人之志。

掩饰不住的膏药飘香

从亳州最早的药材街——里仁街出来，走到与南京巷的交口，就能闻到浓浓的膏药香。

亳州北关老街曾经有数十家老字号聚集，这里的医馆曾经蜚声海内，为晚清的多位要员、富商巨贾，以及军阀混战时期的风云人物出过诊、看过病，或是抓过药。

药不过亳州不灵。药出亳州，是一面旗帜，一块招牌，抛却医生们精湛的医术不说，单单从心理暗示上，病人就好了一半。

海内外药商蜂拥而至的北关，来往人员络绎不绝。这些药商天南海北地闯荡，餐风饮露，异乡漂泊，个中辛苦可想而知。对于他们来说，医馆就是驿站，也是休憩的空间；而对于当地的居民来说，医馆是这片街区的定海神针。

承庆堂，一座古色古香的中医药类老字号，屹立在里仁街头，在为整片街区贮守着宝贵的历史记忆。

清光绪年间，匪患祸亳，从北关街区里走出一位名叫李泓德的男子，率领乡勇参加了剿匪之战。他骁勇善战，平定匪患屡建奇功，被赏“五品蓝翎”。李泓德出身中医世家，父亲是亳州城出了名的中医。青年李泓德一心想着“文武双全”，报名参加了武举选拔，中得武秀才，后又赴少林寺修习武术。因功夫了得，他还被聘任到镖局做武师。尽管有着如此风云传奇的经历，但念及父亲将老，家业无人继承，李鸿德最终还是选择做了一名中医。

为了把家族的中医事业发扬光大，李泓德认为，单纯做一名“郎中”

还远远不够。为此，他创立了承庆堂这块招牌，专攻各种膏药的熬制。中医看病的手段多，论起中药的制成品，无外乎“膏、丹、丸、散”，膏药是排在第一位的，是中华中医药文明的一粒琥珀。

李泓德从自己习练武术中常见的“跌打损伤”入手，炼制了多种膏药，又结合乡邻易患的风湿病，炼制了治疗风湿病的膏药，声名满北关，被誉为“大骨医”，前来求药者络绎不绝。

膏药是中医药的结晶。熬制膏药的过程堪比绣花：从麻油浸药、

百年老字号承庆堂

烈火煎沸、文火久熬到药枯过滤；从药油滴水成珠到下黄丹、五枝搅膏、去火毒、涂布冷却、烘化贴用，这些程序一个也不能少。药品的选材和配料通常是秘不外传的，也恰因这份神秘，增添了承庆堂老字号的传奇色彩。

植物草本、动物、矿物在烈火的熬煮下，浑然天成，“意气相合”，就组成了传世奇药。在熬制膏药的过程中，中药的香会从医馆内飘出来，半个北关都是香的。有人说，毗邻医馆而居，不生杂疾，养生延年。

正所谓“酒香使人心醉，药香让人心安”。一贴膏药，是草木香氛的一座能量场，也是怀旧的一张创可贴。如今，传统中医的治病手段在传承过程中逐渐被部分人简化、抛弃。膏药的炼制，是一种坚守。时代变迁，社会人面对职业的抉择如此丰富，对于一项事业历代传承，更是一种难能可贵的“薪火相传”。

老街区是一座城市的过去，老字号是一片街区的活化石。行走在北关历史街区，面对古色古香的街区建筑，每一间门面都是一张胶片，我们更喜欢从中看到传统的、怀旧的，甚至是满目风尘的历史记忆。这些老字号如同原木，经年以后，飘着令人安稳舒适的香。

没有干鱼的干鱼市

去过干鱼市，已经找不到一条干鱼。

其实，干鱼市也不卖干鱼，而是旧时干货与水产结合的一座市场。那时候，整座城市里生活的人都到这里来购买香菇、银耳、大枣，还有涡河里捕捞上来的各种鱼，一进入这条街道，肯定是一股新鲜的鱼腥味。各种烟火日常，全在这条街里，可以想象，很多人拎着提篮，挎着竹篮，来到这里——

“家里来客了？”

“嗯，孩子他二舅来了，喜欢吃鱼，给我来一条……”

“没有客，三娃子最近嘴馋，我来条胖头鱼炖汤……”

城市就那么大，都是老相识。在中国，再也没有一个地方比菜市场承载的温情更多了。看过许多报道，一些香港演员，比如周润发，

墙绘中的老街盛景

自己会亲下菜市场去买菜。吃吃喝喝，这些事情听起来随意，其实，有些事还是躬亲的好。

干鱼市毗邻涡河，自然有先天的优势，但也因处于老街深处，曾一度变得寂寥。开阔的顺河街一开，宽敞的西河滩，遍地杂耍，遍地鱼市，谁还再去干鱼市？

于是，干鱼市转成香火专营市场。

这无疑是一个华丽转身。一个极具烟火日常的物质性，一个极具信仰崇拜的精神性，两者相比，天渊之别。

据传，当年，在干鱼市里可以买到高约三米的神香，这些香分别供奉给老街深处的火神庙、金龙寺、大王庙、大关帝庙……其实，在干鱼市本身就有一座庙宇，曰“圆觉寺”。近水楼台先得月，可以想象，干鱼市的这些香火，也有相当一部分是送到圆觉寺了。

因背靠涡水，当然也有一些与河相关的东西，比如船坞，在干鱼市有两家船坞，主要是制作小船。从古至今，老城人爱垂钓，据说，这一习性是姜子牙时期留下来的。钓鱼是一件多么闲适的运动！老城生活的人，幸福感强，垂钓只是其中的一项，除此，还有泡澡、喝茶，一起侃大山，天南海北、国际寰宇，老城中生活的人在用话题“放风筝”。

有一个段子是关于吃食的。

一吃货到北关餐馆点了一份米线，米线端上来，吃货煞有介事地问餐馆老板：“米线中为什么没有米？”

老板的回答也够经典的：“你吃牛筋面还能吃出牛筋吗？”

如此，没有干鱼的干鱼市，也同样值得我们期待。

没有马嘶的马场街

马场街的名字，应该源于东汉末年了。那时候，曹操在谯郡北关、涡河南岸的洼地处操练兵勇，人声喧嚷，马嘶震天，硬生生把原本荒草漫道的野地给踏出了一条街。叫什么街道好呢？因马成街，街道的北侧又有拦马墙和饮马坑的遗迹，索性就叫“马场街”了。

据史书记载，曹操有多次返乡经历。凡是受了挫折，吃了败仗，他都要回到故乡谯郡来，要么读书修身，要么招兵买马，以期东山再起。当然了，多数是招兵买马。可以想见，东汉末年，群雄逐鹿的战场上，有多少赤膊拼杀的谯郡男儿；有多少攻城克敌的战役，都是谯郡男儿给打下来的；有多少匹战马，都是从谯郡北关的马场训练出来的……

《魏书》记载：“十四年春三月，军至谯，作轻舟，治水军。秋七月，自涡入淮，出淝水，军合肥。”这一年，曹操练的又何止是水军？

一南一北，一处是涡河北侧与之交汇处的洪河湾，水军练得有声有色；一处是马场街附近的骑兵，练得喊声震天。这些自幼习练拳术的谯郡男儿，在曹操的带领下，逐渐成了一支劲旅。

我曾多次在拦马墙边驻足，厚实的墙体，砖块坯剥落。这些被岁月风化的汉砖，不知道有多少块是被当年的骏马踏碎的，有多少是耐不住风刀霜剑的逼迫，慢慢地瘦了腰身？

当年，曹操为了不让奔跑中的骏马冲入涡河，特意命人建造了一道拦马墙。这样，马匹快跑到砖墙跟前的时候，就有了心理准备，不至于冲进涡河作无谓的牺牲。人困马乏之时，人可以在桑树下修整补给，马匹可以到饮马坑中喝水或吃些青草。如此看来，这块区域的确是练兵的最佳之所。

生逢乱世的曹操深知，他的成就基本上都是马上打下来的，所以，从幼年开始，他就教育自己的孩子，要学会骑马，深谙兵法。曹丕就是最具代表的一位。

《魏书》记载："（曹丕）年八岁，能属文。有逸才，遂博贯古今经传诸子百家之书。善骑射，好击剑。" 曹丕自己也在《典论》自叙中说，汉初平元年，他年仅五岁，曹操便开始教他射箭，"六岁而知射，又教余骑马，八岁而能骑射矣"。其文武双全，倾注了曹操极大的心血。亳州地方志也有对曹丕在故乡生活的记载，比如，在谯令谷读书，在饮马坑附近练骑术……如此看来，今马场街这片区域，也是曹丕的重要成长乐园。

千百年来，谯郡人永远对曹操这位英雄怀着很深的感情，连马场街的名字也没有更改。清末以后，此处已经转为商业住房或民居，且有传说曰：“金马场，银牛市。”足见此处区位优势之明显，也印证了曹操所带给后人的福泽，绵延百世而不衰。

如今，行走在马场街上，民居安逸地坐落在街道两边。参天的泡桐树，在春日的阳光里开着花，幽幽地吐着甜丝丝的香气。其北侧的饮马坑尽管已经过了千百年，据说，有风的夜晚，仍可以听见嘚嘚的马蹄声。

涡河南望马场街

清幽温婉北门行

在中国，有多少城市就有多少北门大街，就像有多少城市就有多少新华路和人民路一样。

北门里烟火日常的小日子

在国人的习惯里，每临大事，一般喜欢走南门，朝阳，有阳关大道之意。南门是男性的，多具有阳刚之美；而北门则是女性的，多半是婉约柔美的，生活气息，烟火日常，铺满寻常人边边角角的小日子。

北门，多为城市的后花园。它的建筑也许不高大，甚至没有地标性建筑，庸常的巷陌里，人们过着淡然的生活，日出而作，日落而息，在外人看来是那样的平淡无奇，然而，生活中这样的平淡无奇何其金贵？

城门，是城市的嘴巴。南门是一张撑场面的大气磅礴之口，用来演说，用来交际，用来补足一座城市的仪式感；而北门则是一张说绵绵情话的亲昵之口，用来煽情，用来倾诉，用来描摹一座城市的立体感。

对着北门，一般都有一条大街，这条街一般笔直笔直，通往城市的中心，似一条血管连接一座城市的心脏。

住在北门大街里的人，往往与世无争，低调，隐忍，过着大隐隐于市的日子。这日子不像黄金一样耀眼锃亮，而是低温的，像陈年的老银，朴实无华，高贵典雅。

亳州老城的北门大街，说是大街，如今，随着城市化进程的加快，原有大街的“大”如今已显得越发的“小”。小巷深藏，住的多是极具隐士情怀的人。

刘恩沛，这位官居行人司行人（行人司为明朝时候设立，凡颁行诏敕、册封宗室、抚谕四方、征聘贤才，及赏赐、慰问、赈济、军务、祭祀，则遣其行人出使。“行人”为正九品）的官员，紧挨着北门而居，他家底殷实，又菩萨心肠，热心公益事业，投资建设亳州第一座书院——柳湖书院，让一座城市的学风大振。亳州学子在柳湖畔读书明志，报效国家，很多都成了有用之才。

如今，行走在北门大街，仍有一座城门楼矗立在那里，古色古香。刘恩沛的故居已不在，走进去已是幽静的居民区，想必刘恩沛在天有灵，也甚为欣慰。这样一座不怎么奢华的门楼背后，曾经住过乾隆皇帝。据传，当年乾隆南巡，路过亳州，不愿意惊动州官，只让人知会刘恩沛，在刘恩沛家用餐，借着酒意，曾亲笔写下“锦节衔天使，斑衣带御香”的金句。随行的刘墉也曾挥毫题词。如今，经过多场历史浩劫，这些皆已无

夜幕下的北门大街与夏侯巷的交口

存，唯有动人的传说还在坊间流传。就像在人文璀璨的亳州，历史名人众多，除了族人，又有多少人会记得刘恩沛这个人？若不是从事历史文化资料的搜集和整理，我也不会发觉。但是，史学家没有忘记，在地方志里浓墨重彩地记了他金灿灿的一笔。

走在北门大街，望见那处门楼，才从浩如烟海的资料中查出他是刘恩沛故居。近期，北门大街正在改造，若有可能，真愿意看到刘恩沛故居的复原，即便不能，也应该做成关键性历史节点的记录和保护，让一座城市的居民可以凭吊这位善心满满的先贤，让他对亳州人的善举，恩沛百年。

潇潇北门行，多少往事已被岁月的风沙吹走侵蚀，这样的街巷更有棱角，尤其欢喜的是看到电线杆被移除，还原老街以本来的容颜。突然感觉，我们距离那个时代，以及那群像刘恩沛一样传奇的背影，越发近了。

羊市街的徘徊

北关老街的每一条巷子，都有传说和逸闻，羊市街就是其中一条。羊市街，顾名思义，以活羊交易为主的专门街道。这条小街道全长约200米，并不算长，北接咸宁街。那里曾是陕西咸阳和浙江宁波商人共同建设的咸宁会馆，南临兴隆巷。如此繁华的商业街，怎么会在这里搞活羊交易？

这个缘由要从北关老街的整体来看。

北关老街背靠涡河，自古以来，河之北曰阳，河之南曰阴。对风水如此讲究的人大都喜欢面水建铺，寓意来财。谁愿意在“阴沟里翻船”？于是，为了讨一个好彩头，咸宁会馆的咸阳和宁波商人在会馆之南筹划了一条羊市街，寓意“三阳开泰”“阳关大道”。每天，羊咩声不绝如缕，会馆里的生意人听起来也十分安心，既有乡野气息，又吉祥美满，可谓一举两得。

当然，这只是老辈人的说法。

但从中国人所推崇的“羊”文化上来说，也是大有讲究的。比如“大羊为美”的审美观，吉祥与“只羊”的谐音，“洋洋洒洒”“洋洋得意”，这些都是谐音。仔细观察“洋”的造字形式不难发现，洋 = 水 + 羊。咸宁会馆北靠水，南有羊，做起生意来，自然财富如汪洋大海，富庶无比。

羊市街口

短短的一条羊市街，原来就是为了讨一个吉祥寓意而存在的。如此，毗邻羊市街而居的人们自然结邻作伴，如沐春风。

其实，熟悉北关老街的人都知道，单单是羊市街还不算，羊市街南头即是兴隆巷，羊市街不仅仅是吉祥，还要生意兴隆。古人的智慧不单单体现在生意的谋略上，连做生意居所坐落的位置乃至周围的环境都要如此精心布置，真可谓费尽心机、无微不至。

如今，行走在羊市街会发现，在羊市街生活的人家比屋而居，门前多植草木，一对红灯笼挂在门前，异常的喜庆。街巷之间，黄发垂髫，怡然自乐，北关旅游日益繁盛之后，有的居民在自家门前开了小店，卖一些特产和文创产品，有的居民索幸把自家有意趣的盆栽拿出来，放在街巷里，与游客们一起分享。这，就是羊市街人的和善，也在一定程度上代表了北关人的胸襟。

羊市街上的浮雕

长街短巷，诉不尽北关传奇。一条羊市街，承载的文化内容，远在街巷之外。清晨，徘徊在羊市街，羊市街人家院墙上的盆栽挂着露珠，街口的咸宁寺香火缭绕，诵经声和涡水的涛声应和在一起，这是羊市街告别羊咩之后的别样腔调。

银票上的毫州北关老街

毫州北关历史街区是明清时期依托涡河发达的航运建立的商业中心，以行帮为单位，在一起成立商会，各街巷之间所经营的门类各有不同，具有“一街一品”的特色。

那些年，奔着“药都”这一金字招牌，来自南京、山西、陕西、福建、河南、湖北等地的商人蜂拥而至，纷纷在此建立会馆。他们有的以经营药材为主，有的以经营糖业为主，有的以造纸业为主，有的以印染业为主……会馆林立、商贾云集之后，钱庄也如雨后春笋般出现，南京巷、纯化街、爬子巷等密布了大大小小的钱庄，共有 33 家之多。

这么多钱庄，也从一个侧面印证了北关历史街区的商业繁盛程度。毫州本地的居民，或来过毫州的游客都知道，位于毫州北关的南京巷钱庄是山西“平遥帮”票号在皖设立较早的分号之一。其实，除此之外，还有很多个钱庄票号，为北关的商业繁荣做出过突出贡献。

比如，民国六十年在亳州纯化街德丰钱庄发行的一张“通用铜元壹仟文一串”的银票，从中我们可以看到好几个信息：纯化街是钱庄设立的主要区域之一；银票上印有防伪编号和掌柜的印鉴；在正月十五这样一个日子就开始发行银票，证明当时商业繁盛，节假日也不休息，银行业相当敬业。

除了正月十五，还有更敬业的，那就是在民国廿五年“信宝通商”号发行的银票。

这张银票上印有“20”字样，代表银票的价值，上面有“认票不认人”字样，是提醒持有者谨防丢失；下面印有“通细验明谨防假票”，是提醒钱庄的汇兑人员。这些都是专业性的印记，我们要特别关注的是，银票中间印有河水、商船、拱桥、城池、砖圩、民居等内容，这就是涡河码头。由此画面我们不难发现，当年的北关老街建筑精美、往来商贾络绎不绝，亳州的商业地位异常显赫。

还有一张是爬子巷晋泉钱庄发行的铜元流通券，发行日期是民国十五年六月六日。

既然是晋泉钱庄，大抵是山西商人开设的钱庄。银票的发行日期一般都是吉利的黄道吉日。爬子巷也是亳州北关钱庄的主要集聚区域之一。有数据显示，北关老街的诸多钱庄中，仅爬子巷就占了23家，证明北关的商业繁荣不止是一街一巷的繁荣，而是普遍繁盛的商业中心。

同样是爬子巷，一家名叫万丰源的钱庄于民国十七年八月吉日发行了一张“通用铜元壹仟文”银票。银票中央右图有一牌坊，上刻有“五大夫松”字样。什么是“五大夫松”？

《史记》记载，秦始皇登封泰山，中途遇雨，避于一棵大树之下，因大树护驾有功，遂封该树为“五大夫”爵位。五大夫是秦汉时期二十等爵的第九级。汉初以第七级以上为高爵，都给有食邑。汉文帝（前179－前157年在位）以后，改以五大夫以上为高爵，仅得免役。当时，亳州是谁的原食邑？为何立有“五大夫松”之坊？今天已无从考证。

银票上的左图的亭台和园林是什么呢？从图画上看，该园林临水而建，按照北关当时所在的区位，我们不妨大胆推测，或许就是“跂鹤园”，跂鹤园原为支姓私家园林，支公好鹤，遂建造“跂鹤园”，建筑之美，在亳州享有很高的美誉。

这座园林，不仅在银票上有，粮票上也有。在一张名为“北关大街天生合米坊贰角”的粮票上，我们再次邂逅这一园林。

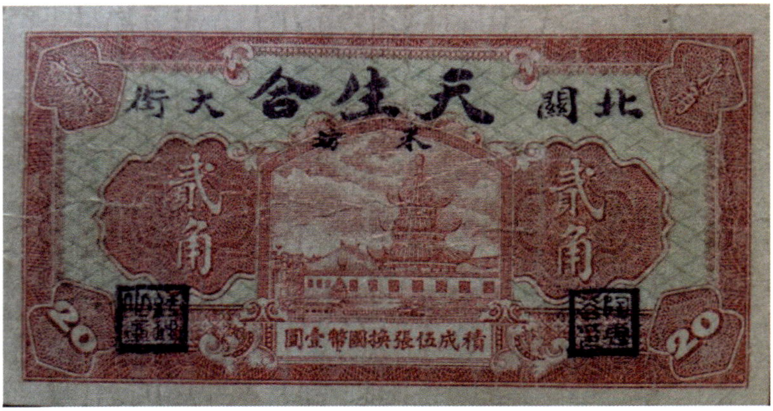

由此，不难发现，此园林确系亳州知名建筑。至于是不是跂鹤园，本人才疏学浅，不敢确定，期待读到此文的方家予以指点迷津。

银票是一个时代的缩影，也是我们窥见历史的一个小孔。银票上的北关老街，让我们“窥一斑而知全豹”，看到那些繁华的街道，鳞次栉比的店铺，店面内跑堂的小伙计。有些钱庄虽已不在，但一张张银票，却在多年以后的今天，帮我们翻卷开一张张历史的动人画图。

永和街的隐喻

永和街是一条很短的街道，也不宽。

街巷内多为民居，周遭被诸多会馆环绕。比如，南侧的古淝公所，东侧的染商会馆，西侧的福建会馆和山陕会馆，旧时，还有徽州会馆；

北侧的金陵糖业公所……旧时，来自全国各地的商人从涡河江沓子码头登岸，来到这里，会商天下。

永和街，取的是“永致天和”之意，很有归隐意趣。古人说，大隐隐于市，恐怕说的就是永和街里居住的人。

旧时的永和街里住着的都是哪些人呢?

翻阅旧志，记载的有一家姓孟的大户，主人叫孟鹤亭，号称是孟子的后人。孟鹤亭的母亲有贤德，众人皆知。旧时讲的“孟母三迁”是指孟母为了给儿子找一个好的教育环境，多次迁居。而在永和街，短短的一条街道，人们都愿意搬到这里来住，实因孟鹤亭的母亲是个教子有方的人，人们都想着和她家做邻居。老辈人都记得，孟府的大门门楼上曾经悬挂着一块匾额：“教有义方。”笔力雄厚儒雅，这是旧军阀吴佩孚亲笔所写。抛开吴佩孚这个人怎么样不说，就连这样的军阀头目都钦佩孟母为人，其慈其爱，可想而知。

住过永和街的人都知道，这里从未有过邻里争执，就是夫妻之间的拌嘴也少。做生意，和气能生财；居家过日子，和睦能一门和善，尽享天伦。这些都是托了永和街的福分。

除了孟府，在永和街的东首，还有一处会馆，原为葛仙祠。葛仙祠内供奉的是抱朴子葛洪。葛洪是东晋时期著名的道学家、医药学家和炼丹家。古人认为，炼制仙丹服用方能长生不老，这是古代最早的养生术。葛洪是这方面的集大成者，他炼丹的造诣极高，所以，也有人称他为中国早期的化学家。亳州是中华药都，而药与道一直以来都有着千丝万缕的联系，“古之初为道者，莫不兼修医术，以救近祸焉”。所以，在北关老街见到葛仙祠，实属正常。

葛仙祠后来被当作染商会馆使用。旧时，这里的印花蓝布等中原驰名，很多布庄都抢着购买亳州的印花蓝布。

一匹布，其个性取决于它上面的颜料；一条街巷，其秉性取决于这条街上居住的人家。古人云：“立身成败，在于所染。”把染商会馆放在永和街上，似乎冥冥之中，自有天意。

短短的一条永和街，蕴含的文化内涵，何止是千里万里所能言尽？

有人在翠花巷等你

立春一过，恰逢春节，街巷之间的年味儿，愈加足了。

街巷之间穿行而过的，鞭炮香、饭菜香、蜡梅香、盆景花香……交融在一起，把“一街一品”变成了天下大同，大红的春联让千街一面，千巷一味，只因年的牵引，只因春天的来临。

翠花巷，这条北关老街区最窄的一条巷子，窄到还不足一米，仅可供一人独行，就是没有人去申报吉尼斯纪录，如果申报，它一定也是世界上最窄的一条小街道。

翠花巷在清末时期，就是一条暗自妖娆的商业街。说它“暗自妖娆”，实因这条街道旧时是干花的制作基地，也是扎花子匠人的制作工坊。从这里扎出来的干花，远销海内外。也有说，这里是批发针头线脑和花线的市场。可以说，一条巷子，像神经一样，牵扯着万千爱美的人的心灵。

也有人称它为“碎花巷”，这让人想起方文山的词：“阁楼微醺，三言两语，敌他千壶酒，碎花巷弄，落阳抚山丘，青石阁窗裙摆，清雅姑娘拈一手花蕊，谁的心儿又醉？”总之，很有故事。

翠花巷也好，碎花巷也罢，这样的名字，给人的印象是一条古典的巷子，从清代的光阴里走来，一路葳蕤，一路繁花相送。巷子虽窄，围拢巷子所建的屋檐上，蔷薇、牵牛、凌霄花、忍冬花，错落地开过。除了扎花子的匠人，巷子里也曾住过善良的平常人家，甘于平淡地过着最安宁的小日子。

这样的巷子，小得安稳，可以遮蔽岁月的风雨，大风刮不进来，大雨淋不进来。听街区里的老年人讲，日本鬼子占领亳州城的时候，所有的巷子都掠夺过，唯独不敢进翠花巷。那些狡猾的家伙总觉得里面有埋伏，怕进去了，再也出不来。但，他们总是在巷口站着，或者伸着头往里瞅，不敢踏进去半步，甚至生怕上面会突然

翠花巷里窄窄的一线光阴

落下石头，或者是秦砖汉瓦，砸扁了他们的头颅。

在做街巷保护调研的时候，我曾多次走进这条巷子。整条巷子像是一条不起波澜的小溪流，有年逾古稀的老人在巷口浆衣服。如今，浆衣服已经很少有人做了，四分之三的水，掺杂四分之一的米汤，浸润了衣服，伸展在板子上，晾干之后，再去洗，这样能保证衣服很有型，不易起褶皱。芳华已逝，芳心不老，这些年老的人还在精致地过着自己手边的光阴，一点都不曾马虎，就像这样一条巷子，虽然窄，却增加了它难能可贵的精致感。

林清玄说："我们如果有颗安静的心，即使默默坐着，也可以感受到时间一步一步从心头上踩过。"是的，哪怕是在翠花巷静坐也是好的，静可听针落的巷子，多适合收拾心情。在这样的巷子里走着，若是夜晚，天幕上的一角星辉引路，内心安稳得像一块磐石，想过往，思当下，念将来，通透明白，也像这条巷子，明白，透彻，爽利。

我一直有这样一个想法，向海内外发布一条启事——有人在翠花巷等你，让曾经在翠花巷住过的人，回来讲述这条巷子的前世今生。收集他们在这条巷子照过的相片，用过的旧物，复原他们认为巷子里最温馨的场景，哪怕是一株偷偷翻过墙头的石榴花。然后，在巷子的尽头建一座博物馆，留驻一段光阴，也可提供一些茶水或咖啡，供人发呆。博物馆的名字我都取好了：翠花哪年发。

在咸宁街溜达

如果说小巷是城市的掌纹，道路和房屋共同促成了一个城市的事业线、生命线，那么，古建筑就是城市的痣。女人美不美，美人痣是衡量标准之一；城市历史悠久不悠久，古建筑的年龄和数量是主要考

量方面。

亳州是一座拥有 3700 多年历史的城市。如果说，让我在这座城市里选一条最喜爱的街道，我会脱口而出：咸宁街。

为什么是咸宁街？答案很简单，咸宁街满足了幸福感的全部可能。

河流是一座城市的幸运，咸宁街是一条枕水而卧的街道，母亲河涡河淙淙流淌千年。这条河的河湾里，诞生过老子在这里悟道，庄子在这里梦蝶，曹操在这里饮马，华佗在这里炼丹，欧阳修在这里吟诗作赋……至今，站在咸宁街北望，涡河的波涛里依稀有穿越千年的文脉驾水汽升腾而来。

会馆是一座城市的温度。明清时期的亳州，之所以如此热闹，除了本地人勤奋经营，也离不开外地商贾的往来。生意人客居他乡，都要搞个“老乡会”，于是就有了会馆。咸宁街的西端，有一座国家 4A 级景区——花戏楼，它的前身就是山陕会馆。会馆也有依照行业分的，譬如同为咸宁街两旁的粮坊会馆、糖业会馆，皆以经营行业的不同而设立。可以想见，当年，涡河里樯橹云集，会馆里茶香四溢，古戏台上演古风今，何其热闹！城市，被人流打磨得有了可贵的包浆。

石板路是一座城市的鞋垫。一个人行多远，除了体力，还要看鞋子。鞋子舒服不舒服只有自己知道，鞋垫也知道。咸宁街的石板路好生厚实，一块条石千钧重，承载着一代又一代的亳州人，一茬又一茬的游客，观瞻过，游历过，嬉戏过，访古过，探幽过。

屋舍为一座城市的代言。城市好不好，自己不用说话，宣传与广告语也都被人为地添加了太多的东西。唯有俨然的屋舍，静默地立在那里，古朴的门锁立在那里，院落里的古槐和墙头上的仙人掌生长在那里，什么都不用说，我们就懂了。糖业会馆门外的墙上，有许多锈迹斑斑的铁环，被钉在墙体里，很惹人费解，为什么墙上要钉上铁环？后经考证才知道，那是拴马环。旧时，生意人多骑着高头大马来谈生意，好比现代的老板开好车，豪车需要停车场，好马需要拴马环。如今，马已经被车取代，唯有寂寞的拴马环驻守原地，记录着这条街道曾经的辉煌。

拴马环：最早的“停车位”

人是一座城市流动的建筑。言为心声，语言，也代表着一座城市的格局和风度。咸宁街，也许是沾染了名字的彩头，这里住着的多长寿老人。咸宁，咸宁，举家都安宁得像一座莲花，淡然地开在城市的深处，多吉祥的祝福呀！每天下班，到菜市场买菜；旅居多年归来，一抬头就望见了咸宁街的街牌和门牌，一下子就被“咸宁”击中，扑面而来的全是温馨祥和的气息。你被包围了，也被氛围俘虏了，心悦诚服地住下来，一代又一代，从来不曾离开过。

在咸宁街溜达，会遇见风景名胜，可以品尝到沁人心脾的茶香，可以到旁边的小店面里买一些有趣的泥塑和根雕。时光匆匆，一抬头，月亮出来了，天空也用这样皎洁的目光俯瞰着我们脚下的这条街道。

咸宁街，一切皆咸宁。

执手相看，时光如瓷

亳州的北关有一条老街，名曰新民街。

单听这个名字，寡淡如泡过三巡的茶叶水，没有任何味道。但若是说起它的曾用名，你就惊叹侧目了：天棚磁器街。

瓷器，原来也有人写作“磁器”，比如重庆等地的磁器口。在瓷器街前面加了一个“天棚”，格局立马就大了。

以天为棚，以地为案，把原本简陋的瓷器交易市场衬托得雅之又雅。

露天的瓷器街，原本是用来交易瓷碗、瓷盆、瓷瓶的一般瓷器市场。可以想见，一定是既有关乎吃食类的青花瓷餐具，也有一定审美情趣的瓷瓶文玩。一条街，既照顾到了口腹之欲，又照顾到了心灵之痒，实属难得。

也许在这条街里买的瓷器并不那么精美，甚至有一些瓷器的釉挂得也不那么均匀，瓷胎上或许还有一些小颗粒，但是，这又有什么关系呢？只要手边用的是瓷器，心底就能升起天青色的云霭。数千年以来，中国的君子以瓷来自比，高洁，宁为玉碎不为瓦全，清清白白，这是一个人的精神追求，也是一个人的心灵寄托。

走在天棚瓷器街，天青色的一抹色泽勾勒在这样一捆那样一堆的瓷器上，天色真好！卖瓷的人家养了一两只多嘴的鹦鹉，看到瓷瓶上也有一只，叽叽喳喳地叫着，似乎要把瓷瓶上的那只唤醒。

一场大雪掩埋多少时光如瓷

卖瓷的人家，二郎腿高抬着，收音机里咿咿呀呀地播放着经典的二夹弦唱段。有客人来咨询，只管去拿，拿来一并算账，价格不用砍，一定是公道到让你说不出个“不”字。这就是老街人的厚道，这就是生意人的胸襟。

据老辈人回忆，天棚瓷器街是以前少有的宽阔街道，它西接大有街，这条被人称为“丰年大有”的街道，可以想象，农家人丰收之后，卖了粮食要进城买一两套像样的餐具，谁说农家人就不讲究品位？只不过是时间和经济条件跟不上罢了，若是条件允许，谁愿意将就？它的东面，接着老砖街，一条和瓷相关的街道，与一条和砖相关的街道毗邻。不知道人们会不会拿它们私下里比较，厚厚的老砖，是憨厚的汉子，温润如玉的瓷，是穿着考究、内心温婉的女子，两者无关乎境界和品位，似乎是一阴一阳的关系。

行走在这条街上，朗朗天宇，白云闲游，天光云影倒映在瓷器摊上的一件瓷器上，有着一种异乎寻常的美。这样的街景，哪怕是朴素一些，简单一些，也总能让人想到执手相看，两两不厌。那瓷一样的时光，不知道锁住了多少人甜蜜的过往。

纸坊街的药香

有香味的药材非常多，龙涎香、藿香、沉香、檀香、薄荷、百里香、香花子、芍药、金银花、野菊花……这些，都是能开“气味博物馆”的绝佳中药材。现如今，很多古街上都有所谓的“气味博物馆”，进去以后，多是香水、香皂、精油等什物，深受游客们的热捧。

北关街区有一条纸坊街，原来是纸制品的集市，到了清中叶成了知名的药材街。那时候，比较出名的义和厚药号、钜兴瑞药号、祥兴药行等，也分布着警察局和电报局这样的“国营”单位，旧时，这里是通往要道的一条街，每天来来往往的药商，进进出出的名贵药材，给整条街蔓延了一种独特的药香。

我有时候想，很多条街道都是有独特气味禀赋的，比如，白布大街的纺织物香，花戏楼街的美食香，咸宁街的糖香和香火的香，老砖街的砖瓦气息，翠碎花巷的脂粉香……都促成了一个街道的独特印记。纸坊街的药香，一度让我想起父亲的中药铺，琳琅满目的药材，散发着自己的香氛。一座药铺，就是一片独特的能量场。难怪在旧社会，穷人家的孩子都喜欢到药铺去当学徒，因为，先生说，在药铺里被药味熏染久了，一般的小病不敢靠近你。草木带给了你饱满的正能量，这正能量让病毒退避三舍。

一条街上的气味，还和这条街上的植物有关系，比如，街道上栽植的许多桂花，到了中秋，街道里就聚满了人气，赏桂、望月，多雅

老街上随处可见的草木，药香四溢

致的诗情。纸坊街上有几棵泡桐树，早春二月，有一股甜丝丝的泡桐花香，孩子们在此追逐，捡拾泡桐花的花疙瘩，用棉线串起来，用来做念珠，扮演影视剧里功力深厚的大和尚；种芍药的也很多，在旧时的私家园林里，芍药是宠儿，可以观瞻，也可以入馔，或者撒花瓣做药浴。总之，每一种香都能征服你的鼻孔。

哪一家药号里没有碾药船呢？那些从药农家里收来的药，有的需要炮制。为了充分发挥部分药材的药效，有的需要用碾药船来碾碎。设想在清朝中叶的某个午后，你若是在纸坊街停留，某家药号里的小伙计或用手或用脚碾出来的药香，飘得满街都是，用气味给一条街“镀”上了一层别样的气质。

一条街上的香味，当然和人也脱不清干系。比如，哪家府邸里走出来的千金，环佩叮当，飘飘衣袂里的体香和脂粉香，一样令人神往。我有一位写诗歌的朋友，曾经告诉我，他曾经一度想找一位中医世家走出来的女子作伴侣，这样，灵魂里都增添了几许安妥的气息。

《红楼梦》中有这样一段俏皮的记载——晴雯生病了，宝玉去看她，安慰道：“药气比一切的花香果子香都雅。神仙采药烧药，再者高人逸士采药治药，最妙的一件东西。这屋里我正想各色都齐了，就只少药香，如今恰好全了。”

其实，何必要寻仙烧药，到纸坊街逛逛，自然就一“香”情愿了！

装在酒篓里的花子街

多年前的某个夜晚，亳州的大花子街与小花子街月华如水，灯火通明，巷陌深处的人家就着那月华和灯火，有条不紊地忙碌着，或做

纸花，或装裱字画，或糊油篓。一家老小，各忙各的，今天你做了多少纸花，他糊了多少酒篓，共同协作装裱了多少字画，都码在院落和当屋里，劳动成果带给人何其充盈的喜悦与成就感。

旧时的亳州，大小花子街的院墙何其敦厚，家庭作坊的生产效率何其高。院落似老者，敞开怀抱拥抱一家人的生活，院落的臂弯里，不闻鼾声，唯闻桑皮纸沙沙作响。

这些来自古徽州的桑皮纸，浸润着时光的阅历，天生一张淡黄色的“脸”，因其纤维度高，柔软耐磨，还能防虫蛀，可以用来写字，也可以用来糊酒篓。旧时的人像极了他们的性格，踏实守旧，装酒的容器，也十分古拙。藤条所编的外壳，里面是血料容器，什么是血料容器？怎么做的呢？这些，在大小花子街生活过的人们，至今还能帮你作答。

先用柳条或竹篾扎好框子，成酒篓状，用桑皮纸糊在框子上，再用猪血融合石灰等物涂抹在酒篓内外，一层桑皮纸，一刷血料，直到酒篓的壁足够厚实了，晾干后，酒篓就算做成了，这样的古法制篓，至今还在很多地区沿用。据说，用这种酒篓储存高度酒，经年陈香，远胜陶器等诸多容器。

是不是很神奇。我曾在大花子街中走访一位老人，他至今还能熟练掌握糊酒篓和酒海（大一些的酒篓）的技巧，全拜了幼年那段手工作坊的岁月所赐。老人兴致勃勃地谈及当年月下糊酒篓的时光，眼神里似乎闪烁着当年的月光来。我第一次发觉，有些岁月，也可以让人如数家珍。

翻阅《全唐诗》，大诗人白居易写过一首名为《就花枝》的诗，有这样一句：“就花枝，移酒海，今朝不醉明朝悔。”我这样想着，白居易盛酒所用的酒海是不是产自亳州的大花子街呢？这事也说不准。据传，欧阳修在亳州任知州的时候，就特别喜欢这里的酒篓，他曾自称“醉翁”，自从用了亳州的酒篓盛放“九酝春酒”之后，飘然若仙，就改称“仙翁”了，于是，亳州也就有了“仙乡”的美誉。一

片仙乡，多少也沾了酒篓的光，或许那时候的酒篓还不产自大小花子街，但不排除后来在花子街生活的那些匠人，他们的先辈曾为欧阳修制过酒篓。

谯郡自古就是华夏酒城，哪能少得了酒篓的存在？酒篓能装得下多少陈年美酒，就能装得下多少街巷风华。如今，大花子街与小花子街似一对姐妹花，安静地坐落在明清老街的深处。为了铭记一段时光，它们依然待字闺中，坚守着一段难忘的人间烟火。

一张桑皮纸，两条嫩柳枝，三两猪血泥，四合小院落，几口人共同忙碌着，忘了时光，忘了洪济桥的更声响了几下，只记得累了，吹灭了油灯。桑皮纸做的窗纸是那样的明亮，不知是月光好还是晨光亮了。

第二辑 人文遗踪

古城是最好的戏台，千百年来，各色人等轮番登场。时光落定以后，每一条街巷里，每一座院落里，都有英雄的浩气，都有丽人的佳话，都有芸芸众生的细碎过往。这些，古城的砖瓦记录着，树梢的风声至今还在吟唱。

百年匪事一汤平

宋真宗在位时，亳州城西北角的郑家洲区域还是一片荒蛮，这里古木参天，森森然，甚是吓人；且这里位于涡河与洪河交汇处，芦苇荡好似梁山水泊，唯一不同的是，这里有的不是英雄好汉，而是泼皮土匪。

郑家洲一带，为首的土匪名叫癞头陀，因其全身疥疮，光头上长了两三个毒瘤而得名。癞头陀祖上干的就是响马营生，传至癞头陀已经是第三代。癞头陀虽无其祖上“杀人越货”之凶残，但“响马世家”之名仍让过往商人畏之如虎，不敢从此经过。

匪患不平，就连郑家洲对面的霸陵桥也逐渐无人敢去，日渐寥落，亳州西北角俨然成了一片肃杀之地。

癞头陀这帮土匪，胆子越来越大，不分青红皂白，谁的货都敢抢。

州府也多次派兵去剿，无奈的是，癞头陀人多势众，足足盘踞二百余个亡命之徒，唯癞头陀“马首是瞻”。即便是集合了周边几个州县的衙役之力，前往抓捕，也无济于事。癞头陀这帮人颇通水性，从涡河溜之大吉。待官兵散去，他们重新占据郑家洲，为非作歹。

郑家洲西侧，是亳州通过京城开封的十八座驿站之首，主要掌管黄金水道的水路营运。宋真宗格外喜欢药都亳州的灵芝，州府常年进贡，皆从水路。

这一年，癞头陀吃了熊心豹子胆，竟然打起了灵芝的主意。趁着月黑风高，癞头陀纠集一帮人，真把官船给抢了。

贡品被抢，知州犯了头疼病，先前拿癞头陀多次，均以失败告终，这次，癞头陀竟然敢从皇帝头上动土。他思量再三，决定向上报禀，趁机剿杀癞头陀。这时候，一位名叫华聿的新到县丞听闻此事，赶忙劝住了知州，说如若因此事禀报圣上，癞头陀肯定可以铲除，但大人您一定也难逃督办不力之罪，势必受到牵连。

知州一听，言之有理，但怎能把灵芝要回来，且能除掉匪患呢?华聿说，如若可能，我愿前往，担当说客，以解此围。

知州喜出望外，赶忙叫来七八个精壮大汉要他们跟随华聿前往郑家洲。华聿连连摇手说，如此不妥，我只身背一箱中药材前往即可。

众人听了，皆心存疑惑。

华聿从药市上采购了整整一箱药材出发了，眼看着将近半月。仍不见其归来，知州心急如焚，筹划着这天天黑之后，再不回来，就打算向上回禀搬救兵了。孰料，就在知州满脸愁云之际，华聿出现在州衙面前，满面红光，身后跟着一个赤膊汉子，细皮嫩肉，身上绑着荆条。再往后看，两大车灵芝悉数运回。

知州赶忙迎了出来，上下打量了一下华聿，发现毫发无损，便转身看其身后那位身负荆条的汉子，生得秀才模样，忙问，此举为何？

汉子赶忙跪倒在地："罪人癞头陀请求知州大人发落。"

知州一惊：此人怎可能会是癞头陀？

原来，癞头陀祖上虽为响马，但到了癞头陀这一代，却并不想做匪，只因自己生得相貌丑陋，愤懑上天对其不公，索性为非作歹，报复民众。华聿身为华佗后人，精通医术，且知癞头陀这病并非天生，而是后天形成，可以医治。

知晓这些，华聿才敢领命前往郑家洲。华聿按照祖传《青囊经》残本中记述的药方，制成汤剂，少量服用，大部分配以郑家洲上汩汩涌出来的温泉，让癞头陀浸浴。整整半个月，癞头陀头上的毒瘤和身上疥疮竟然全部消除了。再看癞头陀，活脱脱一位儒生。癞头陀照了镜子，发现自己脱胎换骨，于是，悔过自新，前来知州处负荆请罪。

正所谓"治病找病根儿，救人要救魂儿"，百年匪事一"汤"平，自此亳州永安宁。

百年回望苏公祠

花戏楼，这座屹立在亳州北关的明清建筑，如今已是国家级文物保护单位。众人皆知其以戏楼、砖雕、铁旗杆最具代表，却易忽略这样一座建筑群，是辖两任亳州知州的奉祀之祠。其一为朱公书院朱之琏生祠，其二为知州苏灏的苏公祠（今改为“张飞庙”）。这两座祠一东一西，在花戏楼山门左右而立，似两位巨人，烛照百年光阴。

朱之琏大家较为熟知，然苏灏就让人较为陌生了。

苏灏，这位来自北京宛平地区的伟岸男子，于康熙四十六年（1707）到任亳州知州，刚一上任，就遇到了“天大”的麻烦。连年灾荒，导致粮食收成锐减，亳州生民挣扎在温饱线上，朝不保夕。苏灏见状，忧心如焚，寝食难安。

为了解民众疾苦，苏灏基本上很少待在州衙，时常奔走于涡河两岸，萧索的亳州田畴里留下了他憔悴的身影。苏灏这时候并没有自乱阵脚，他深知，如今，亳州民众身处水深火热，赋税首当先免，其次要赶紧请赈施粥，再次要组织灾后生产。如此，他先后向京城请了两道圣旨，一道免除税赋，一道请求开仓放粮，两次请旨均获圣上批准。也正因如此，奠定了苏灏在民众心目中的地位，此位为民着想的好官，而非搜刮民脂民膏的贪官污吏。

扭转了灾情之后，苏灏迅速组织人们灾后生产。据史料记载，那时候，亳州阡陌之间，劳作有序，鸡犬相闻，俨若桃花源。

仓廪实而知礼节。解决了温饱问题之后，摆在苏灏面前的一个大问题就是整顿教育，凝聚民间资本，加大教育投入。为此，他发动乡绅，为亳州教育事业发展慷慨解囊。在苏灏的带动下，许多乡绅和药材商人不惜变卖自己的房产来资助教育，修葺学宫。他自己也在北关铁果巷设有讲院，亲自授课，提振了亳州教育的士气。这处讲院，也就是后来的苏公祠。

苏灏的一连串举措，赢得了亳州老百姓的一致好评，市井街巷都在传颂：朱公走后，又来苏公，天厚亳土，生民之福。有许多文人在一起谈论时事，说及苏灏，齐声论道："常人一德一善，犹且传之志之，以示不忘。岂泽被群生多历年所，而令棠阴无片地可瞻仰耶？"

州人内阁中书舍人州人吴楚奇也曾用"四不"来评价苏灏："不计利，不沽名，不动声色，不偏私任。"由此足见对苏灏的喜爱。

苏灏执掌亳州 18 年，仁慈廉惠，政因时出。在他的治理下，亳州民风淳厚，商业市井繁荣，刑讼案件锐减，治尚和厚。众人交口称赞，无一不说其好，都说苏灏是“深仁厚泽浸灌民心”。

要说苏灏的品德高尚程度如何，举个例子大家当即明了。当时，桐城有一位名士，名叫黄基，此人少爱读书，论古学，为诗奔放不可羁，兼精法家言。他曾游历京师，众文人皆称他为奇才。但正是这样的奇才，却对苏灏甚为叹服。为了能与苏灏交心论道，他专门到了亳州，与苏灏成为至契之交，直至苏灏终老后黄基选择定居亳州，晴耕雨读，在苏灏工作过的地方一直生活下去，足见对苏灏钦佩至极。

雍正三年（1725）八月，苏灏卒于公署，寿六十有三。放在现在，也算是因公殉职了。当时，苏灏的儿子打算把苏灏安葬在宛平故里，奈

依稀可见的苏公讲院石匾

何送葬当天，亳州万人空巷，一再挽留，最终苏灏灵柩被安葬在亳州涡河与洪河交汇的两河口处，也就是今郑店子以西地区。每年清明，苏公墓茔之侧纸钱不断。后来，为了纪念苏灏，人们把他在铁果巷附近的讲院改为“苏公祠”，作为奉祀之用。光绪九年（1883），苏公祠遭火灾损毁。当时的杀猪行业，集资对苏公祠进行修葺，修葺之后，逐渐演变为“张飞庙”。历史机缘也罢，年代久远也罢，好比苏公品格，对于名利他一直恬淡，生不带来，死不带去，最终化作一股清气，缥缈在亳州的一方水土上。

今日，当我们再临花戏楼，在张飞庙前滞留的时候，不妨也向着遥远的时光，用心底的微澜，多多回望一下“康乾盛世”之时那位励精图治、泽被亳土的苏公吧。

曹操的拦马墙与饮马坑

东汉末年，涡河谯郡（今安徽省亳州市谯城区）西段还是一片人迹罕至的野境，草木葳蕤，树木参天，常有鹰隼盘旋，獾子和土狼出没其间，是一片“生人勿进”的场所。谯郡中人，没有特别的营生要做，是轻易不敢朝这个方向走的，若是非走这里不可，也要三五人结伴，全副武装。最可恨的是，这些獾子和土狼也常常进犯周遭村民，一时间弄得鸡犬不宁。

初平元年（190），曹操准备征讨董卓，到故乡招兵买马，又不想大张旗鼓。在许褚的建议下，曹操选择了涡河西段靠北岸一带，先是在一处水塘四周伐树砍草，开出草坪来养马，他把这处水塘命名为“饮马坑”，又在饮马坑四周建设多道石条汉砖结构的围墙，以防止马匹丢失，此围墙命名为“拦马墙”。

拦马墙和饮马坑建好以后，士兵们日日在这里厮杀操练，人气旺了，土狼逐渐没了踪迹，后来，竟连鹰隼也迁徙了。人人都说曹操干了一件造福乡里的好事。曹操胸中涌起了满腔的热血，他原本的想法远不止此，他除了“扫一屋”，更想着的是扫平天下。190年，曹操代理奋武将军，独自西进，与董卓部将徐荣战于荥阳的汴水，不料大败。兵败后的曹操并没有丧失斗志，他一方面在扬州招募兵卒，一方面继续在故乡谯郡练兵，蓄势待发。

这一年，曹丕不足五岁，尤为喜欢从谯东精舍出发，到饮马坑附近习练骑射之术。生逢乱世，曹操从这时候开始，就有把曹丕训练成文武双全的有用之才的想法，以便成年后大展宏图。幼年的曹丕在马上观军士们操练，高兴得手舞足蹈。

公元192年春天，曹操准备征讨黑山军，加紧了练兵的步伐。他命人日日在饮马坑操练军马，自己则忙于在涡河西段三角洲内操练水军，军马膘肥体壮，士兵水上战术也日渐精良。万事齐备，曹操驻军顿丘，一举击破黑山军，大振军威。而后，黄巾军犯兖州，杀刺史刘岱。济南相鲍信来到东郡，请曹操出马兼任兖州牧。曹操击败黄巾军，收受降卒30余万人。至此，曹军势力进一步强大。

曹操“奉天子以令不臣”后，站稳了脚跟，在故乡谯郡的拦马墙与饮马坑逐渐失去了其功能，但故乡人为了纪念魏武帝曹操，对这两处遗迹一直倍加爱护，直至今日，依然可窥其全貌。据说，如今在月圆之夜，于拦马墙和饮马坑边徘徊，依稀可闻当年的马嘶声。

到粮坊会馆听相声

毫州人听相声的习俗由来已久，最早要追溯到涡河西河滩区域。那时候，西河滩就是露天集市，兜售水缸、瓷器、农具、铁艺、衣服

等商品的市场错落而分，还有说书、唱戏、杂耍、理发、拉洋片、魔术等，说相声的也很多。当时，知名的相声艺人在全国很有名气，如鲍治安、杨金贵等人。据说，繁盛时期，侯宝林也曾来演出过。

随着时代的发展，西河滩那种露天集市已经不再适应当今生活，相声转向了茶馆等专场演出，有时候也和琴书、大鼓、二夹弦等联合演出，互为调剂。但做相声专场，是近期才出现的事。

粮坊会馆，这座古色古香的四合院落，坐落在咸宁街上，位于花戏楼景区范围内。每当暮色四合，粮坊会馆的相声就准时开演。

灯光正好，衬托出建筑之美，雕花雀替在光色中更加美艳；月色融融，朗润地照在院落里，条凳、条桌，茶点上了桌，客人落座，这边相声就开始了。

听的是地道的相声，这些相声演员，有的来自北京，有的来自山东，还有的来自天津，都是师出名门的相声艺人。

听相声，要配四季茶点，最常规的是瓜子、花生，还有一些糕点，来自洪济桥附近的糕点铺子，也有的来自老字号果子店，如清真瑞昌恒果子店。到了夏日，还有瓜果。冬日，还会上一些秦大园的萝卜，刻成条，爽脆，当成水果来吃。这在亳州，被当成一大怪。

听着相声，吃着茶点，品着旧时的茉莉香片，依稀穿越到了旧时的老茶馆。

很奇怪，人总是喜欢怀旧，总认为最热闹的场景在街谈巷议里，在已经消逝的旧烟云里。先前，西河滩说相声时，可以用一个“万人空巷”来形容。那时候，娱乐活动少之又少呀！真正到了当下，还有闲情逸致，愿意花一晚的时间来听几段相声、喝一杯茶的，也算得上是高人了。

前几日，北漂多年的朋友杨毅回到亳州，说他现在在粮坊会馆说相声。他在北京发展得挺好的，问他为什么回来，他笑曰：“还是回家好！”我知道，是他父亲身体近来有恙，特意赶回来照顾。

是呀，一个人无论走得再远，都不要忘记自己是从哪里出发的！对父母是，对故乡更是。

犹龙存也，大道无垠

全国各地，建孔庙者多，建老子庙者却甚少。老子，这位春秋时期的著名思想家，其哲学思想犹如中华民族的文化根脉之一，千百年来涵养着一代又一代炎黄子孙。

中国建造老子庙从汉代就有，以唐代为盛。所以说，若时光退回到唐朝，作为一个谯郡（老子出生地，今称“亳州”）人，肯定会有大受圣恩的感觉。620年，唐高祖把“谯郡”更名为“亳州”，设总管府，提高了亳州的级别；重新整修亳州原有的“老子庙”，以扩大规模，并尊奉老子庙为“太庙”，大兴土木，把这座“太庙”建造得富丽堂皇、蔚为壮观，香火鼎盛，往来香客络绎不绝。

唐朝毕竟是李家江山，老子本姓李，道教自然是唐朝统治者要尊奉的信仰宗教。给自己的“先人”大修宫观，这是积德孝敬祖宗的福报，当然要做，而且要做得漂亮。皇帝威仪天下，他所做的事情，全国人民都要效仿，读书人又都是天子门生，当然要多次进出老子庙，以求功名。这是一个良性循环，这些读书人考取功名以后，做了一个地方的父母官，一定要反哺自己的信仰，于是，老子庙的规模逐渐扩大。在唐朝时，其规模盛极一时。

也正是因为这个缘故，在古亳州，唐朝统治者分别在老子故里兴

建了太清宫（在今河南鹿邑）、道德中宫（在今安徽亳州）、天静宫（在今安徽涡阳）等三座老子庙。这三座庙宇均沿着涡河分布，涡河好似一条玉带，把三座宫观串珠成链。涡河母体怀抱着这些宫观，好似一条巨龙；客观的飞檐与翘角，宛若它腾空而起的气势。

这条巨龙，又让人想起春秋战国时期，同样是在道德中宫门前的一条巷子里，孔子带着自己的弟子，风尘仆仆地来到亳州，顾不上到驿馆安顿，就赶忙前去向老子问礼。两人一见，相谈甚欢，孔子受益匪浅。问礼之后，他向弟子感慨的第一句话就是："鸟，吾知其能飞；鱼，吾知其能游；兽，吾知其能走。走者可以为罔，游者可以为纶，飞者可以为矰。至于龙，吾不能知其乘风云而上天。吾今日见老子，其犹龙邪！"

"龙"，后被用来指代有道高人的学问高深其妙，如龙之变化不可测。后来，陆游还援引活化这一说法，他在《读老子传》诗中写道："但说周公曾入梦，宁于老子叹犹龙？"一句"其犹龙邪"，足见其对老子的叹服程度。

赞叹老子的何止是孔圣人和唐代的君主？到了宋代，宋真宗先后多次来到亳州，并与这座城结下了渊源。亳州为药都，有"药不过亳州不灵"之说，宋真宗尤为喜欢亳州进贡的灵芝。宋真宗早知亳州为"仙乡"，于北宋大中祥符七年（1014），自涡河登岸，前往拜谒老子，赐登岸渡口旁砖桥为"灵津渡"，经北门，赐北城门为"均禧门"，城楼为"均庆楼"。天子隆恩，全城沸腾。亳州人都知道，这全仰仗了老子的福泽绵延。

风雨浩荡数百年。到了元末，刘福通拥韩林儿为皇帝，号“小明王”，建都亳州。刘福通想建造一座宫殿，时间紧、任务重，无处找老砖旧瓦，反复琢磨后，竟然把道德中宫的宫观给拆掉了，在今亳州北关明王台上建造了一座“明王宫”。也许正因动了老子的宫观，因果报应，小明王注定成了一个短命的萧条帝王，不久他的“王朝”落败。

宫观虽毁，老子在人们心目中的形象却愈加高大，到了明万历年间，在亳州知州马呈鼎的主持下，于原址上重建道德中宫，增建“著经堂”，西侧建有春登台，虽无原有规模，因其小，反倒精。道德中宫前中后建筑布局呈现一个“三”字，契合《道德经》中“三生万物”之意，精深巧妙，令人称赞。

时光一路向前，2016 年 9 月，文旅部门重新修缮道德中宫现有建筑，前殿为拜殿，供奉太上老君神像、大殿为老子素身像，老子手持经卷瞩目远方；东西配殿分别南华殿和希夷殿，分别供奉南华真人庄子和希夷先生陈抟，他们都是道教文化的主要人物；东西耳房分别设置国学书吧，碑廊前塑讲台，化寂寂一宫，为国学开讲。让老子精髓，延续后世，恩泽当代。

听闻，宫前的问礼巷修缮利用了，190 米的问礼巷延伸向前，让人想到，经由这条小巷，老子思想犹龙跃世，穿越千百年来，伸向无垠的远方……

道教至尊的一碗酒

宋代，皖北地区多种红黏黍子，放眼望去，红彤彤一片，像弯着腰杆的圣哲。秋收以后，颗粒归仓，红黏黍子就成了贴补口粮的粗粮。秋收以后，大地一片空旷，到了冬天，就成了雪的天堂。这样的一红一白，把天地当成了一个大舞台，这是天地给予人们的恩泽。

那一年冬天，大雪茫茫，足以没膝。陈抟外出归来，身上的盘缠早已用尽，饥肠辘辘，头脑一片空白，加之雪盲，令他几欲昏厥。总算进了亳州地界，到了一处村庄，在一棵老枣树下，他实在走不动了。一位老妪把他扶到家中，先给他喝了几口热水。然后，老妪麻利地从自家粮囤里舀出来一碗红黍，劈柴烧火，煮了香喷喷一碗粥。陈抟吃得身上阳春回暖，汗津津的。

陈抟回家后，查阅书籍，得知亳州当时盛产的红黍是一种黏性谷类作物，属于热性，能益气补中。陈抟想，酒号称是液体的火，若是把它做成酒，岂不效果更佳！果不其然，陈抟用这种红黍酿成了酒，又加入了人参等几味温补的中草药，取名为“名流酒”。饮用该酒，能散风止痛，驱除体内寒气，对于治愈风湿病也大有裨益。

后来，亳州当地人为了纪念陈抟，逐渐把此酒改名为“希熬酒”。为何称之为“希熬”呢？实因陈抟幼年时多病，患有黄疸，穷苦人家，无钱医治。亳州自古是药都，人人皆通晓医术。陈抟父亲就从田边割回来黄蒿，给陈抟熬汤来喝，黄蒿也就是“茵陈”，那叫一个苦。陈抟就是喝了这些黄蒿水才熬过来的。后来，老辈人给陈抟取了个绰号叫“希熬”，药都人有喊人绰号的习俗，但并无贬义，反倒显得更加亲切。所以，就这么喊下来了。茵陈，也有“荫蔽陈抟”之谐音，这是巧合，也是传奇。

自陈抟发明了“希熬酒”以后，每逢霜降，药都农家就开始酿制这种酒,霜雪凄厉,但一碗名流酒却能喝出浓浓春意,让人俨然有了“名流范儿”。

众所周知，陈抟是道教至尊，缘何发明酒？其实，道教早期是不禁酒的。再说，即便是禁酒，陈抟也没有犯戒，反倒是用善心，为人们做了一件福泽后世之义举。

风流未歇，柳湖书院

古亳州有八景，其中之一是“柳湖春晓”。说的是春日到来时柳湖书院的盛景。据清光绪年间《亳州志》记载，柳湖，应在今人民路南，小商品批发市场旧址附近，至今仍有一社区，名曰“柳湖社区”。旧时之盛，依稀可见。

清雍正年间，亳州书院甚少，成规模的更是寥寥无几。雍正六年（1728）春天，行人司行人刘恩沛看柳湖这片地方地僻景幽，心头泛起一泓碧波，决定在这里捐资兴建一座书院，名曰“柳湖书院”。

书院落成，魁星楼在左，文昌阁在右。由于旧时排涝设施不完善，州城多以坑塘来储水蓄洪，柳湖则承载着附近区域泄洪排涝的功用。柳湖的面积可不小，据记载，在春夏之交的丰水期，“水面宽可百余弓”。“弓”是旧制计量方法，一弓约合七尺二寸，由此推算，称其为“湖”，完全够格。

春天来的时候，湖畔杨柳依依，塔影奎光，分峙左右；书院内，书声琅琅，长堤上，时有放学的学子忙趁东风放纸鸢；月光如水的晚上，柳湖书院掌起了灯，湖光灯影，月光皎洁，好一派旖旎风光。

作为这座书院的捐建者，刘恩沛并不是建成之后就此撒手不管，他邀请了知州卢见为书院题名，卢见欣然为书院题写“柳湖书院”四字，并写了一篇《示书院士子文》，洋洋洒洒，列陈了亳地曾经诞生的俊才豪杰，让人读起来荡气回肠：“兹亳郡统辖太、蒙，柱下史之仙乡，漆园吏之故里。曹子建六朝弁冕，鹄立于徐、陈七子之间；薛考功一代宗师，雁行于王、唐八家之列。信风流之未歇，知人地之犹灵。涡水西迴，不少图南健翮；谯阳东旭，岂无冀北雄才？”

好一个风流之未歇！囊括了知州对亳州人文兴盛不竭的全部祝愿。事实证明，书院建好之后，生源广众，“集城乡之秀者，肄业其中，士子负笈而来者，寝食讲诵，各有其所。朝夕咏诵，春冬不辍。越二年，于兹门墙日众，有志之士皆以读书明理为己任矣。”——这句话，传递了两个信号，一是书院的讲师和学生是可以寄宿的，二是书院建成之后，亳州学风大振，蔚然成风。

在城东南，悠悠水宽，绝远尘境，似有隐逸之风；外物不扰，柳岸清风，湖心活水，颇有鱼跃鸢飞之致。时下，哪一座书院有如此风致？我去过中国古代四大书院旧址，有在山坳之中，也有在城郊僻静之所，但是，有如柳湖书院这样大隐隐于市的，寥若晨星。

随着时光的推移，柳湖书院日渐繁盛。乾隆四年，亳州知州华度曾亲自在柳湖书院开课授徒，他还勉励学子们说：“士子生逢明盛，仰承德泽，果其好学深思，浸淫不倦，必有扬风扢雅，鼓吹休明。以上膺君相之旁求者，余将拭目而观文教之成焉。”

柳湖书院的学生越来越多，原有的建筑规模已不能支撑学生数量，于是，乾隆二十三年（1758），知州陈廷柱于“讲堂之西建屋三楹，少前建屋四楹，堂后建学舍八间”；道光元年（1821），在外为官的亳州籍知州王庆泽捐地一千亩，以五百亩为书院膏火费（膏火，就是灯油的意思，旧时学子多燃桐油灯就读，后来，膏火费延伸为求学费用），三百亩为养正义学费，二百亩为寒儒省试费。由此足见，那时候，在柳湖书院就读，免学费且免除考试费用，条件如此优越，令人啧啧赞叹。

这里，值得一提的是王庆泽逝世后，唯一的遗嘱就是嘱咐其妻一定不能忘记资助柳湖书院。其妻在弥留之际，又把这项光荣而艰巨的任务安排给了儿子王家椿。这样一份为公益事业代代接力的义举，让人看后泪水涟涟。

仔细翻阅《亳州志》，足足数页，全都是为柳湖书院捐资助学的壮举，资助的人包括：达官显贵、贩夫走卒、乡绅士人……他们无一不是为书院慷慨解囊，令人赞叹。

湖水微澜，文脉叠起，柳湖书院就这样在历史的烟云里，一再整修扩建，颓了再兴，风靡一百七十余载，一度成为亳州第一大书院。这样的百年书院，始终铭刻在亳州人的记忆里，散发着脉脉书香……

其实，若有可能，我也会建一处书院，名曰“柳湖深处”。

万顷秋色檐上看

秋天深了，往老街深处走，从花戏楼街转至永和街，再转至何家巷，就能看见一座古意深沉的大院子，那就是古淝公所了。

古淝公所，这座建筑的名字听起来，总给人心宽体胖的感觉。古道热肠，肥而阔，公所的胸怀多宽广，让人想起人来车往，喧嚣如潮。建筑自立在那里，百年如故，只是时光如镰刀，收割了这座庭院的主人，一茬又一茬。

对这座诞生在清初的建筑，据老辈人说，曾经是院套院结构，内院曾经有正殿、侧房、后殿，围拢成一座天井院，是正宗的“四水归堂”结构，正殿供奉朱熹。徽商多是儒商，以“仁爱”“诚信”为信条来经商，因此，供奉朱熹是常有的事情。古淝公所是由合肥在亳州经商的纸业和典当商人共同修建。这的确是非常玄妙的关系，近代以来，钱被纸张替代，典当也是一纸当票收纳囊中宝贝。人在最尴尬的时候，被一张纸拯救，或者说是，一张纸让人忍痛割爱，好不尴尬。

走进古淝公所，昔日的繁华已经不复存在。建筑尚存，部分墙垣已经剥落，几十号人住在一起，普通住户、炒糖手艺人、租住户、贩夫走卒……已经变成了老北京大杂院的感觉。有几只家犬，见人进来，或是扯开嗓子狂吠，温顺一些的，假寐地看你一眼，继续假寐，你的来与往，似乎都与它没有丝毫关系。

因为街区摸排的原因，我去过古淝公所几次，最吸引我的是那户炒糖的人家，圆圆的一口芝麻锅，下面烧的是劈柴火，锅灶转动，满院子的芝麻香。若不是浓浓的芝麻香气，我还真猜不出这是怎样一口锅。炒芝麻的是一位年逾古稀的老人，满脸的沧桑，皱纹的沟壑里却透着安稳与喜感。这样的安稳与喜感给人满满的和善，让人格外愿意与她亲近。

“没见过吧？小伙子。”她看我满脸犹疑，赶忙解释锅灶的用途，还把她刚刚炒好的芝麻糖拿给我吃，“吃吧，孩子，到这个院子里来看房子的人可多了，有的拿着照相机，有的拿着画板，我都会送他们糖吃。自己家做的，在街面上，我是要收钱的；在家里，就是待客了。”老人爽朗地笑了，那感觉，一度让我想起已经离开我多年的祖母。

人老了，身躯逐渐佝偻，眼睛却异常明澈有神，好比那位炒糖的老人；古建筑老了，墙基已经剥落，水渍漫漶，廊檐、斗拱、雀替却依然精致俏皮。这些，都在古淝公所得到了印证。

木质的扶梁抱柱，有的底部已经生了木耳，似乎是时光深处的故事唯恐别人不知，藉由这些小生灵来讲述光阴的过往；棂子门窗是典型的皖北味道，方正之中透着美感，有些窗子里面张贴着地道的亳州剪纸，似乎闺阁之中怀春的少女亲手所剪；廊檐下的雀替油漆虽已斑驳，但刀法与样子规整有制，龙凤呈祥、金蟾祝寿、梅兰竹菊，颇具匠人精神。最喜的是搏风板上的天马，腾跃而出，似可闻马嘶声。我看过诸多皖北古建筑，也见过最近复建的古建筑，搏风板上的图案远远没有古淝公所现存的精美。

季节分春夏秋冬，建筑也分，古淝公所已然走过近三百个春秋。今天我们看到的古淝公所，已经走到了秋天。秋在树梢头，建筑也是。往廊檐上看，寻觅万顷昨日繁华，至于目光下移，恢复旧时特色，那就是古建留给今人的“作业”了。

虎头岗

据老辈人传说，曹操故里亳州一直是一块福地，其中，涡河与洪河交叉口的郑店子乃龙脉所在。郑店子以北曾有一处高地，回伏数里，巍峨连绵，曰“虎头岗”，气势如山。据《亳州志》记载，这里曾经是庞大的汉墓群。也有一种传说，亳州有两大汉墓群，分别位于古城区南北。南为曹氏家族祖茔，北则在虎头岗，是夏侯家族的祖茔。夏侯氏一门，多出武将，夏侯家族的坟茔在这里，只为依傍护佑亳州龙脉。

旧时，虎头岗上多豪杰，他们盘伏在虎头岗上的密林里，劫富济贫，很有些梁山好汉的意味。民国时期，虎头岗的汉墓逐渐被盗墓贼盯上，开挖以后，这片土丘慢慢被削平，但密林仍在，如遇天黑，胆小的肯定不敢从这里经过。

民国十一年，姜桂题去世后，他的贴身护卫之一姜勇回到亳州，没有去别处，在虎头岗的密林深处搭建了一座茅舍，聚集一众人等，在此处打拳训练、吃酒聊天，好不快活。亳州城中人只知道这里有一帮拳师，却不知道是干什么的。但是，他们丝毫不会搅扰路人，遇到舟车破损之处，还会出手相助，深得人心。

这一年冬天，大雪没膝。姜勇等人带着烧酒和小跑肉，在郑店子的温泉中沐浴，只见从旁边的大道上有两匹马慢步而过，马上两人打扮得商人模样，东瞅西望。姜勇习武多年，一看此两人就知是习武之人，观其眼神，透着一股邪气。姜勇顾不上温泉水的舒适，穿衣悄悄尾随两人，只见他们到了明清老街深处，在大观楼吃了一盏茶，到处打听姜家公馆的下落。姜勇自知不妙，继续尾随。只见两人经过大隅首，到了姜家公馆附近，从口袋中掏出两个巴掌大的照相机，一通拍照后，溜进了老北关胡同深处，到了南京巷钱庄附近，又是一通拍照。这一切，都被躲在暗处的姜勇看得一清二楚。

两位“商人”拍完照后，进了南京巷钱庄，兑换了一些银票，就拐进一家酒馆。

姜勇一看笑了，他与这家酒馆老板姜阿五是旧相识。姜阿五这人烧得一手好酒，又喜欢泡温泉，因此，常去虎头岗找姜勇叙旧。这一次，姜勇暗想，用着阿五的时候到了。

姜勇进了酒馆，把阿五叫进后堂，耳语一番，后摇身一变，就成了一副跑堂伙计模样。姜勇端着一碟花生米上来，送给两位“商人”，问道："两位是来此地做药材生意的吧？我们这里万药云集，买全国卖全国。"二人点头说是，还问："有什么好酒好菜？全都上来！"

一听口音，两人是河南人。姜勇自知不妙，出了酒馆，安排阿五多为两人送些酒菜，就火速赶往虎头岗。

那晚，虎头岗的月亮很圆，把涡河都照得明晃晃的，像一条玉带。姜勇带着两位随从在虎头岗边的大雪深处埋伏着，只见远处两人喝得前仰后合，骑马缓步而来，边走边声张，待我回去回禀旅长，旅长肯定会赏我们不少"袁大头"。

姜勇一跃而出，一个飞脚，把两人一下全部踹下来。两人爬起来打算掏腰间的盒子炮，旋即被姜勇两个随从摁住。一问方知，原来此二人是土匪孙殿英的手下。孙殿英知道姜桂题去世以后，以为亳州无人，便派两人作为探子，先行窥探亳州所有钱庄，为日后洗劫姜家公馆也做好准备。姜勇听罢，一刀一个，两股血洒在了雪地上。

月明依旧，涡河水哗哗东流，如皖北汉子的笑声。据说，也正因姜勇此举，导致孙殿英推迟四年才敢进犯亳州，而他们洗劫姜家公馆的时候，首先杀掉的那个警卫，不是别人，正是姜勇。姜勇死后，被乡人安葬在虎头岗上，至今，这片土地上，凡树笔直，凡水清澈，虎头岗虽已不在，但这里仍有一股子凛然之气在。

花井崖北望明王台

1355年2月，亳州的天气刚开始回暖，但大有街花井崖古井里却冒出滚滚热气。许多人都惊呼，是郑家洲的温泉回流了，还有的说是有祥瑞来。果不其然，黄昏时分，亳州城北关浩浩荡荡开过来一支队伍，人马虽不多，但也不算少，约有两三千人。这些人一进北关，就在花井崖北侧的通真观驻扎下来。

这晚，通真观的灯火亮了一整夜。第二天一早，为首的那个将领就安排近八百人的兵卒前往道德中宫和鹿邑太清宫，家里的兵卒则打扫庭院，似乎在准备一番大动作。太阳落山后，派出去的兵卒们回来了，运回来的还有数十车古建筑上拆下来的材料，原来，他们要在这里长期安营扎寨，修建宫殿。

走笔至此，也就不卖关子了。那位众人簇拥的少年，就是白莲教韩山童的儿子韩林儿，随行的是他的母亲杨氏，那位将军就是刘福通。韩山童起义遭镇压亡故后，韩林儿流落到砀山。这一遭，刚刚被一直跟随韩山童的刘福通找到。

刘福通找到韩林儿以后，事先排查了多处落脚城市。最终发现亳州人文荟萃，北枕涡水，南望州城，五谷丰登，商业繁盛，是个钟灵毓秀、衣食无忧之地。又发现通真观被水系环绕，且观前有花井崖一处，系帝王灵脉所在，就坚信在这里落脚，并建造一座明王宫，定可保少主人韩林儿帝业兴旺。

考虑时间紧迫，刘福通派人拆除了道德中宫和太清宫的大殿，用拆下来的材料，在通真观处建设明王宫，就此辅佐韩林儿登基。刘福通为何不拆别的宫观？原因有二：一是这两处宫观都是道教宫观，而通真观也是，拆“道”还“道”，心理上有个安慰，兴许神仙不会怪罪；二是白莲教和道教有一定的渊源。

突击建起来的明王宫虽不比别的皇宫豪华，但也称得上美轮美奂，雕梁画栋、飞阁流丹、盘龙戏凤，雕饰得也相当漂亮。明王宫建好以后，刘福通拥立韩林儿为“小明王”，尊其母杨氏为皇太后，建国号为“宋”，建元“龙凤”，定亳州为“国都”。至此，一个王朝在通真观巍然屹立。

刘福通做了这么多，自己当然也要求个心理安慰，他先后排除异己，自封丞相。其实，他自己已经掌握实权，开始在周边建立势力。

从小明王都亳，到刘福通扩张势力，都不过一年的时间，因此，时光的钟摆仍停留在1355年。这一年，元军发现刘福通势力“野蛮生长”，于是，在太康境内大败刘福通，并包围了国都亳州城。迫于数倍于自己的元军，刘福通只得携韩林儿突围，转移到安丰。

元军进入亳州城后，一把火烧了明王宫，还在花井崖的井口处铸造了一座十字井栏，以此，算破了小明王的“王气”。

千秋功过谁人评？“宋”这样一个短命的王朝就此落幕，留给了亳州一段荡气回肠的记忆。明王宫阙倾颓后，只留下一座颓然兀立的明王台，还有它身后的哑巴坑，缄默无言，再也不愿提及那段过往。

1981年，时光的快车已然驶过626个春秋，这年9月，恰逢金秋，明王台被评为省级重点文物保护单位，终于有了一个繁华的逗点。又逢金秋，经过明王台前花井崖，有人提桶汲水，井水清冽，有脉脉桂花香气，带着这段香氛，我提笔写下上述文字。

走进北关可以无问西东，双杆插云不舍云斗飞凤

1821 年，应该是个初秋，金桂才开，暗香满园。花戏楼（即大关帝庙）歌台上大戏开唱，山门前两根铁旗杆铸月裁云，挺立在亳州北关，上面一副铭文对联：“铁杆颂德高千尺；金珠铭勋参九霄。”这样两根铸铁旗杆是当时亳州最知名的地标性景观。双杆插云，让许多药商从涡河乘船登岸，远远地望见了它们，就知道，亳州到了！

铸杆铭文

清代的庙宇之前多立有铸铁旗杆，几乎每一座庙宇都有，尤其山陕一代的关帝庙前，铁旗杆一定是标配。这样的一对铁旗杆，绝不可一人之力铸就，哪怕你富可敌国也不行。那时候，凡事讲求个众人拾柴，对于铁旗杆这种关键性构件，更是如此。走近花戏楼铁旗杆，

不难发现其基座部分铸铭曰：“皇大清道光元年（1821）岁次辛巳秋吉日铸造旗杆一对，重二万四千斤，陕西从药材邦弟子敬献铁杆一对，永保四方平安吉庆有余。”

商人取利，更忠义，所以大殿要拜关公，这样一对铁旗杆，更见证了山陕商人的“最铁关系”。

八卦蟠龙

花戏楼前的旗杆分五节，每节分铸八卦蟠龙等图案。八卦是用来定乾坤的，每一根旗杆上的两条蟠龙则是吉兆。中国人向来自命为“龙的传人”，封建社会的皇帝也被认为是“真龙天子”。龙在中国神话中是正义、神明的象征。旗杆被誉为天地之间的至阳之物，立于主庙前，更有镇宅驱邪、福佑亳州之意。

云斗藏寿

每一根铁旗杆上均有三个四四方方的小盒子，上面用小篆镂刻“寿”字，此为“云斗”，又名“放云斗”。顾名思义，云斗意为旗杆之高，摩天接云，云斗上藏着的“寿”字，又可以称之为“寿斗”，也可以理解为寿与天齐、福寿无边。从云斗藏着的“寿”字，不难联想到亳州“长寿之乡”的由来。这些云斗站在城市高处，发散着浓浓的寿运嘱托。

风铃祈福

去过西藏许多寺庙，我们可以看到转经筒之类的圣物。对于大关帝庙来说，风铃就是它的圣物。风铃清脆悦耳，叮咚作响，承接风水，也是用来祈福。风铃响动，上风上水自来，这是何等的美妙，不是梵音，胜似梵音。

凤凰于飞

铁旗杆上最优美的要数杆顶的飞凤。凤鸟为天地间吉祥之物，立于旗杆顶端，可俯瞰整个亳州城，也可承载天地之灵气。20 世纪 90 年代，一侧铁旗杆上的飞凤跌落一只。天地之间，阴阳相互转化。据民间传说，跌落的那只化成了凰鸟，飞凤专情，另一只也于前几年追随而去。民间把凤凰的死称为“涅槃”，也有说成是浴火重生。重生后，它们成了情侣，凤凰齐飞，终成眷属。

此后，人们为了怀念这对飞凤，呼吁在林拥城景区重塑“凤凰来仪”雕塑。如今，它们再次伫立于人们的视野。

以上，为花戏楼前一对铁旗杆的细细品咂。花戏楼为北关建筑之魂，铁旗杆又为花戏楼的凤翎，正所谓“走进北关可以无问西东，双杆插云不舍云斗飞凤”。走进北关，我们不妨好好仰望此双杆，倾听风铃带给我们的袅袅福音。

华佗犹在华祖庵

五月的华祖庵，蔷薇花把古药园的院墙攀爬得一片葱茏。这时看古药园，不再是青砖灰瓦，而是一座蔷薇的画廊。芍药殷殷地开着，似在等待着旅人的垂青；金银花用两种表情讥笑芍药的痴情，花开两朵，各表一枝，过着AB面人生，岂不是也很美好？最内向的要数角落里的蒲公英，它们在初夏的风里白了头，用自己的缄默向这个世界表明——我是多么的淡定。

华祖庵是后人所建，为祭祀华佗的庙祠。据传，东汉末年，华佗曾在这里扎根下来，悬壶济世，开馆授徒，并在闲时走街串巷，遍访民情，以脱众人之疾。那时候的谯郡百姓，并不像现在这样身体健朗，农耕社会的繁重操劳，让许多人积劳成疾．华佗深知这些，常常挎个药箱，到处给人看病，遇到贫困人家，分文不取，还会接济别人的生活。

祭祀大典

所以，直至现在，许多人提及华佗，无一不被他的品德所折服。

通过华祖庵的益寿斋所展资料可以看出，华佗善用偏方，手到病除，相当神奇。同时，他最大的贡献莫过于发明了“麻沸散”，演化“五禽戏”。一本《青囊经》，记载了多少高妙的医术，可惜的是最终付之一炬，遗散人间，至今想来，令人扼腕。

现如今，亳州的城市精神得益于两个关键人物，一个是曹操，另一个是华佗。对于两人的关系，不可谓不微妙，华佗的死，许多人都把罪魁祸首的帽子扣给曹操。实际上，杀华佗，哪是曹操的本意?

一部《三国演义》，把丰功伟绩的曹操写得狡黠无比，就连他与华佗的关系也被“演义”得变了味儿。曹操与华佗本属老乡，按照常理分析，自古以来，一个人即便官做得再大，也没有一个敢不重视郎中的，何况是迫害？即便是曹操对华佗超前的医术产生怀疑，自己的头疼病还是要他来医治的，杀华佗不是他的本意。曹操自知华佗的本领，在军阀混战时期，“人才”就是实力，曹操自知，他若不派人严加看管，华佗就有可能被敌对势力“挖走”。于是，三句话说不到一条线上，曹操的脾气躁了，要人囚禁了他。孰料，这一囚，无疑却造成了华佗的病死。“老乡见老乡，两眼泪汪汪”，求才若渴用劲儿过

一年一度的华佗祭祀大典

了头，变成了“囚才”。华佗当时已经63岁高龄，在那个年代，这已算是长寿，经不起牢狱折腾，这才因病致死。曹操岂不爱才，只不过，他对华佗，不若对关羽的深情罢了。不能恸哭，只有扼腕，再痛惜，也已经无力回天了。

这些传说，在华祖庵的游览过程中，讲解员都会一一帮你解开谜团。

游览完华祖庵，再去拜一拜华佗，不妨请上一炷香，为这位心怀苍生的神医，也为自己祈求健康。俗话说，有故事的风景才经得起看，到华祖庵里听逸闻趣事，在古药园里辨识当年华佗所用地产药材，总觉得华佗并没有远去，幽幽的芍花香里，寄寓着每一个和华佗有关的过往，华佗犹在华祖庵。

淼淼明眸，西北青睐

水从西北来！

是的，亳州境内的水，大都是西北方向过来的，涡河的滔滔之水，洪河的淙淙碧波，陈治沟与亳宋河的恬淡幽藏……古往今来，都在亳州城的西北，朗润一座城市，涵养一片福地。美人如水。如果说涡河与洪河是佳人的发丝，那么，陈治沟与亳宋河就是佳人的睫毛，陵西湖就是她的明眸了。

明眸善睐，端坐亳城之西北，实因这片土地地形高厚，自古以来，这里就是岗峦起伏，逶迤数十里。据《亳州志》记载，这里“其土沃俗醇，物产丰富，洵一州之上腴也”。如此说来，陵西湖所在的这片区域实在是物华天宝。

说这话，就想到陵西湖的命名了。“陵西”，是什么“陵”？从此地东望，有商汤王陵墓，亦有史料中记载的曹操家族“东园”墓群。就连这附近的社区命名也沿用了“谯陵”一说。年代久远，实不可考。但我坚信，多半还是因为汤王陵的缘故，因为，从地缘上来说，这里至少还会近一些。

陈治沟与亳宋河在亳州城北交汇，一路向南走，经由陵西湖，南入涡河，陵西湖，好似一座驿站，供南下的河水在这里歇息休整，像模像样地流入涡水的怀抱。今观陵西湖，杨柳依依，水潭倒映湖中央的亭影，水天一色，天然一幅水彩画。时有沙鸥翔集，游鱼摆尾，好不快活自在。

从天空俯瞰陵西湖，好似一把勺子，北部的陈治沟与亳宋河是勺把子，难怪刘恒新先生说，陵西湖是“三河共眷一勺水”。这句话形容得多妙，有“弱水三千，只取一瓢”的意蕴。

其实，旧时，这里并不是一片湖，而是一条水沟，沟溪之畔，多有庙宇，譬如“三圣庙”“奶奶庙”等，还有金蟾琉璃井一口，深藏着千年的历史传奇。如今，三圣庙的香火依然缭绕，金蟾琉璃井水依然清澈，奶奶庙却不见了踪迹。

奶奶庙，是供奉道教仙姑碧霞元君的道场，一般供奉有天仙碧霞元君、地仙紫霞元君、水仙佩霞元君，民间俗称“三位奶奶”。这三位神仙，可祈子孙延绵，也就是说，求子，要去奶奶庙。亳州奶奶庙，建于东汉。据传，当年，曹操妻子卞氏不孕，就到这座奶奶庙中去祈求，后来，果真灵验，为曹操诞下多位子嗣。

后来，奶奶庙一度成为亳州人求子的唯一去处，香火缭绕，往来香客不绝如缕。可以遥想当年，为绵延香火，有多少亳州人怀着满腔虔诚前往求子。一座庙宇，寄托了多少亳州人的希望。直至近代，奶奶庙毁于兵燹。为了留存“三位奶奶”的福泽，有人在奶奶庙的原址，在原有沟渠的基础上，挖大了水面，形成了一面湖，并接入涡河，寓意“香火永续”之意，这应该就是陵西湖的由来了。

水从西北来，万古流殇。百川到海，陵西湖入涡，让人想起在涡河岸边出生的老子，乃至后来宋代真宗皇帝沿涡河来问道，碧霞元君不也是道家仙人吗？水与道，一脉相承，相互辉映。如此想来，作为承载诸多文化内涵的陵西湖，就越发明眸善睐了。

美哉，花戏楼

千古风雨琳琅，有多少古建筑湮没在历史的烽烟中，在历史的长河边立定脚跟，一座楼宇在我的脑海浮现。

全国有多少座古建筑名叫“花戏楼”？我不得而知，唯知亳州所属的这座花戏楼是独一无二的一座。亳州在淮河流域的分叉处，一条名叫“涡”的河流穿境而过。花戏楼就坐落在涡河码头的南岸。

为什么叫作“花戏楼”，字面意义上简单解释，就是“花心思去建设一座楼”。到底花多少心思呢？且看屋瓦上栖伏着的怪兽以及精美的砖雕和木雕，足以惊艳你审美的眼球。还有门前矗立的两根锈迹斑斑的铁旗杆，风来时，旗杆上的风铃叮当作响，似穿越时光走来的古代女子的笑声。

花戏楼建于清顺治年间，出资建造者是山西和陕西的药材商人。古亳州是药都，是最大的中药材集散地，山陕两地的药材商人常年驻亳州购买药材，通过马帮或涡河水路把药材发货到全国各地，许多药商依托药材，逐渐发家致富。古时的商人多半是儒商，很懂得尊崇天道人文，所以，又可以看成是儒道文化的结合体和最具代表的代言人。生意人嘛，多半要给自己一些精神寄托，被誉为“忠义神武灵佑仁勇威显护国保民精诚绥靖翊赞宣德关圣大帝”的关公就是他们最好的信仰。他们信奉关公的仁义和神勇，就建造了大关帝庙，大关帝庙就是花戏楼的前身。商人也是人，有了银子，要比一般人更会享受，于是开始想方设法地取悦自己。庙中，建有戏台，古色古香，雕梁画栋、轶闻传说，均以木雕彩绘的形式悬于戏台上方，让人一眼看上去，就格外入戏。人生如戏。我相信山陕两地的药商在听戏的同时，也在戏

台下思索人生，感悟时事，省悟道理。

我来到花戏楼时，恰逢立夏。“中原宝藏”的石雕，笔笔力透石背，儒雅的隶书更增添了花戏楼的儒雅。院内，月季与芍药开得正艳，月季是平民化的花朵，芍药稍显贵族气息，但在亳州，随处可见，是这里的地产药材。

一场豪雨过后，古建筑洗刷得更加肃穆。樱桃正红，凝着雨露，如姑娘的眼眸，若隐若现，娇羞欲滴。摘下两颗放在嘴里，甜得透心。戏楼前的桂花树上，结满了桂子，椭圆形，比咖啡豆要大一些，捏上

去软软的，像古代知识分子的性情。桂子是桂花树的种子，看似软，实则蕴藏着无尽的生命力在里面，试看哪朝哪代能少得了书生的谦恭与柔和？

如果说现代都市里，林立的高楼大厦是城市的前厅，那么，古建筑就应该是城市的后花园了。花戏楼之于亳州是，黄鹤楼之于武汉是，大雁塔之于西安是……然而，许多地方，尤其是小地方，太过于重视自己的“前厅”的伟岸，从而忽视了“后花园”的斑斓。幸运的是，这种悲剧没有在亳州出现。

千古浮沉万寿宫

现存的万寿宫，一般有两种用途，一为江西会馆，另一为清代慈禧太后做寿庆典之用。

据考证，万寿宫在亳州不止一座，确切地说，至少有三座，州城中有两座，分别名为寥阳万寿宫和玉清万寿宫；州城外有一座，即位于今打铜巷北的许真君祠（新中国成立后，改为工人礼堂）。

据史志记载，这三座万寿宫和慈禧都没有丝毫关系。它们原来都是祭祀老子的宫观场所，后来才改为他用。

譬如，寥阳万寿宫，是元朝张柔为宋代针灸名家通真子刘志义所建，后为军储仓，至清代改为儒学。按照位置推算，应该在今大隅首西南位置；玉清万寿宫呢，也是张柔为通真子所建，女冠（女道士）刘守真居之。至大五年，女冠徐妙广居之，名为“了真庵”，改名长春观。明改建察院。

既然是祭祀老子的宫观，为何是张柔所建造呢？这其中，肯定有疏漏之处。当然，由于时光交叠，史志推演难免有失误和纰漏，就连清光绪版《亳州志》也说到万寿宫的记载“与史志不合”问题。

于是，带着这一系列问题，笔者查阅了《大明一统志》，其中，记载了玉清万寿宫的位置和功能：“玉清万寿宫，在亳县治北街之东，相传为曹操故宅。”由此说来，总算揭开了万寿宫的部分面纱，既然为曹操故宅，其历史，至少可以追溯到三国时期，证明万寿宫由来已久，其位置大致在今谯城区白果树街附近。

弄明白前两座万寿宫，再说说第三座，也是仅存可找到遗迹的一座，今遭重点说说——

这座万寿宫是始建于宋代，据传，曾是原明道宫的旧址，而明道宫恰是当年宋真宗驾临亳州时的行宫所在，宋真宗来亳州的主要目的是拜谒老子，后把明道宫改为万寿宫，后来，宫观渐渐寥落。

雍正年间，万寿宫变成了福宁总兵颜光旿的故宅。后来，1729 年，颜光旿病逝，其故居几经辗转，后来主人渐不明朗。

时光一路小跑，到了乾隆五十八年（1793），江西商人在亳州做生意，需要找一处安身立命之处，于是就在万寿宫这片位置，改建成为许真君祠，也效法全国各地的许真君祠用途，作江西会馆之用。

许真君即许逊，字敬之，江西南昌人，人称许旌阳、许天师，是道教的著名人物，净明道尊奉的祖师。传说许逊斩蛟龙治水，受历代朝廷嘉许和百姓爱戴，誉为神功妙济真君、忠孝神仙。因为许逊是江西人，当然后代江西人都要供奉“自己的神仙”。于是，几乎每一座万寿宫，都供奉有许真君。

按照老辈人的叙述，这座万寿宫规模和今花戏楼相仿，且为三进院落，入门有一座戏台，东西厢房分列戏台两侧，后有大殿，崇基伟轩，殿内供奉泥塑许真君像，四角分别悬挂四口大钟，钟声洪亮，数里之外可闻其洪亮之声；二殿内雕廊画栋，室内绘有许真君得道成仙的传说故事，俨若飞天；后院为禅院，古木参天，隐蔽整个院落，后院还建有“悟真楼”，即藏经楼。整座万寿宫香客云集，诵经声贯穿附近街巷。

民国时期，军阀混战，万寿宫毁于兵燹。

新中国成立后，万寿宫变为工人礼堂。今工人礼堂也仅存遗迹。前几日去探访，院落四合，院墙上爬满了金灿灿的丝瓜花。敦厚的楼宇，里面仍有雕版印刷机器，缄默如老者，只字不提尘封的往事。

千古浮沉万寿宫，作为时光的见证，万寿宫关乎老子、曹操、宋真宗等多个历史人物，以期有机会，复建此宫，重新揭开那些尘封已久的往事……

蔚为大观一座楼

时隔多年，皖北大地上仍然流传着关于“黄淮第一名楼”——大观楼的传说。

这座横亘在亳州北关明清老街的第一娱乐场所，跨洪济桥街、里仁街两条街道而建造，为“过街楼”。此楼呈“品”字形结构，似一宽厚皖北汉子伸开的双臂，襟怀坦荡，令人耳目一新。大观楼共分两层，二楼横亘里仁街而过，建筑面积约3000余平方米，框架为中国传统建筑的卯榫木结构，雕梁画栋，美轮美奂，俯仰侧看，让人惊叹不已。

大观楼并不算高，在人们心中的位置却可谓“高山仰止”。

大观楼临街一楼为茶肆。那时候，喧嚣的亳州北关，凡来亳州的体面人，谁没去过大观楼，否则枉走一遭。茶馆里，汇集了北关老街的各色糕点。那时候的百年老店，几乎都在大观楼设立专供人员，随时观察大观楼的货存，以备食客们不时之需。茶客们除了在此品到全国各地的明前茶或雨前茶，品尝到亳州特色的经典美食，还可以领略到精彩的“亳州三斗（春斗鸡、秋斗蟋蟀、冬斗鹌鹑）”，实可谓“有看头”“有吃头”“有玩头”。

二楼主体为戏台和浴池。另有一两处烟馆，供“瘾君子”享用。戏台飞檐翘角，庄重中透着灵动，锣鼓喧天，丝竹盈耳，戏曲名角们各展才艺，多唱的是地方梆子戏、二夹弦。也常常邀来京剧名角前来演出，一时间万人空巷，皆在大观楼内外。浴池是经典的“悬池”，那时候，敢这么建造浴池的还不多，单纯是防水，就要耗费不少工夫，但大观楼做到了，这也一度成为大观楼一奇。更可谓“有听头”“有赏头”“有娱头”。

作为亳州民国年间最高档的娱乐场所，大观楼建于 1918 年。关于它的建造者，有三种说法：一为时任热河都统的姜桂题；二是开办了荣记灯泡厂的姜呈；三是姜桂题的养子姜瑞云。

三者相比，我较为相信后者。原因是姜桂题忙于军政要务，无心在此娱乐；姜呈五算是企业名家，办实业的人哪有打理娱乐商业的能力？倒是这个姜瑞云，较有可能，他有个绰号叫“姜鸭”，单观其名，就是游窜于市井酒肆勾栏的吃喝玩乐之徒。他打着其义父的招牌，大观楼生意越来越红火，其间，杂耍、说书、柔术、皮影戏的艺人们，都曾来此演出过。那时候的亳州人，招待尊贵客人，有条件的，不二去处一定是大观楼。因为，登临斯楼，可在过街楼上观北关街市盛景，足不出楼，一整天吃喝玩乐，大观楼应有尽有。

姜瑞云毕竟是姜桂题的养子，完全没有姜桂题的勇猛和血性。1922 年，姜桂题死后，他因后台轰然倒塌，行事为人也低调了许多，想正经做个生意人，不牵扯时事。

然而，天违人愿。1925 年，皖北夜空里移来一块黑云，大雨倾盆，借着夜雨，一股名为“安武军”的军阀开进亳州，他们的到来让姜瑞云异常恐慌。为首的旅长名叫华毓庵，其祖上也是亳州人，素与姜瑞云不和。这一遭前来，大有逞能耍威之势。华毓庵到了大观楼之后，姜瑞云小心伺候，但他毕竟是个粗人，选了一出名为《逍遥津》的京剧，恰恰讲的是“华歆撺掇曹操篡位”一事。华毓庵一怒之下，摔门而去，这一摔门，为大观楼带来了灭顶之灾。

华毓庵向来与匪军孙殿英暗中勾结。这一年腊月，亳州全城天干物燥，大观楼上的“垂莲悬鱼”掉了一只，偏巧砸在姜瑞云的头上。也就在这天夜里，匪军孙殿英杀进亳州，整整在亳州烧杀抢掠十八天，无恶不作，惨绝人寰。孙殿英的帮凶华毓庵也正是在这时候，一把桐油火，点着了大观楼，木质结构的大观楼哪里经得起明火？大观楼足足烧了三天三夜，十里之外都可见其火光，熊熊大火把附近糖店里的砂糖全都熥烤化了，流得大街上满地都是糖琉璃。

因为兵燹匪患，这座闻名遐迩的黄淮名楼，就这样被付之一炬。

至今，在亳州的大街小巷，人们仍用一条歇后语来凭吊大观楼，那就是“大观楼失火——着板”。着板，在亳州俚语中表示“情况特别严重”之意。由这个词，仍不难看出人们对火焚之势的浩大描述，当然，更多的是对大观楼遭此不测的惋惜。

五龙王庙

宋初，亳州地面五谷丰登，人丁兴旺，从州城向南望，约十八里处，曲水环绕，荷叶接天，烟雾缥缈，俨若仙境。在这片荷塘深处，有一座屋舍，居于高台之上，有一陈姓道人常在此处讲道。州人常步行很远到荷塘深处的屋舍去听道人讲学。

陈姓道人名叫陈抟，少年有为，才华卓著，青年时便才贯中原。他精研六经，对易学和八卦都有很深的研究，所以，许多人家里遇到难处，都来找陈抟“答疑解惑”。见找陈抟听经讲道的人如此之多，知州很是羡慕和嫉妒，于是，集合一帮文人在州城内建造了一座澄明堂，日日讲儒布道，大有南北对立之势。

然而，知州尽管用尽心思，大开澄明堂，聘请的都是州内名士大儒前来讲课，但仍有不少人搬着小凳子到城南十八里，一溜烟儿找陈传求学问道。知州感到异常没面子，便发誓想尽一切办法，一定与陈抟决一雌雄。

这一年秋日，清风徐来，天空澄澈，空气里飘满桂香。知州却无心赏花，只在满城桂香里仔细筹谋，打算“放大招”。他先是派出探子守在去城南的路上，两人一班，半个时辰数一次人数回城禀报，然后拉拢听众与陈抟“分庭抗礼”。

很快，陈抟的屋舍周围逐渐聚集了二百人，听陈抟讲《心相学》。知州在澄明堂门口左右踱步，翘首以盼探子回来。终于盼回了探子。探子向知州回禀，“整整二百人”。知州很是满意，赶紧把自己澄明堂的听众扩大到二百〇一人，并要求探子封堵去城南的所有道路，只准出，不能进，这样做的目的是发誓一定要超过陈抟。这一日，知州异常高兴，似打胜了一场巨大的战役，打算在澄明堂大摆宴席。

殊不知，讲学结束后，最后一名探子灰溜溜地回来，报告知州说，陈抟的讲堂里不知道哪里又冒出来五个人，摇头晃脑地走向陈抟讲堂，听得津津有味。也就是说，听陈抟讲学的已达到二百〇五人！

这无疑是个致命的消息！知州质问，这五人是哪里来的？探子小心翼翼回禀说，不知道，只知道这五人乘船穿越荷塘而返，他们边划船边小声嘀咕：“此次出龙宫，摆脱了虾兵蟹将的搅扰，听陈抟讲道，真是不虚此行。”

知州大为吃惊，额头上都冒出了豆大的汗珠。原来陈抟如此了得，他的博学已经吸引了五龙王，实因得到了神助。自此以后，他再也不敢与陈抟比高下、拉“粉丝”了。

说也奇怪，此后的许多年，亳州一直风调雨顺，似得到了五龙王的保佑，陈抟仙逝以后，人们在荷塘之侧修建了希夷故里，在旁边还修建了五龙王庙，前殿供奉五龙王，后殿供奉希夷先生陈抟。

这段传奇，被记录在清光绪年间《亳州志》中。传奇也罢，传说也好，足以从侧面证实了陈抟这位道家学者、养生家的渊博的学识魅力。

心怀咸宁，天下太平

一个人最高妙的境界是清净平和。清净，则内心没有纷争，不会

尘封多年的咸宁寺砖

心力交瘁，没有内外交困，从不钻营算计。一个社会的至臻境界是咸宁无争。咸宁意为“普天安宁”，这是一种“大庇天下寒士俱欢颜”的人文主义情怀，也是犹怜苍生的风骨与担当。

咸宁是一种情怀。葱葱的一丛竹，厚厚的一册书，静静的一颗心，认真的一双眼，莫听穿林打叶声，何妨吟啸且徐行。这样一种气定神闲，全因心灵深处有一泓清潭碧水，清风徐来，微波不兴。

咸宁是一种格调。带着馨香的一把油纸伞，略带粉紫的一袭素衣，优雅从容的款款碎步，抬头低头，想的是昨日的茶香，今日的风暖，明日的花绽。人生难得是从容，我辈心宽容风声，风来云走春去也，隔岸又听平安钟。

咸宁是一种修为。波涛汹涌的抱怨，眉间心上的埋怨，难以释怀的恩怨，都在一打坐，一闭眼，一凝神间，沉渣落定，风波止息，所有的恩恩怨怨，全部的杀伐决断，都如那无边的落木，萧萧而下，静谧处，心如宝鉴，照见尊荣。

咸宁也是一种心迹。一场闲适的远足，遇见一串心仪的菩提，顿悟一条优雅的心路，开启一份酣畅的前缘。一切都在不经意间，回眸处，芳草萋萋；抬望眼，心歌甜蜜；眼前的，视若珍宝；未来的，淡泊如意。

在亳州，有一座咸宁寺，名字我很喜欢，印象中，很少有一座寺庙以天下苍生的宏伟祝愿来命名。发乎大礼，止乎大情。踱步而入，缭绕的香火，淡淡的诵经声，把人带入一种别样的禅境。且饮一杯茶，

咸宁街口，一户人家温馨的灯光

听一听木鱼声，若真有雅兴，抄一笔瘦金体，翻一卷《心经》，或者什么都不做，冥想也好，静心也罢，单单站在这样一种意境中，也可以笑看浮生。

内心清平，安静从容，怀揣咸宁，天下太平。滚滚红尘过，乐不思蜀中，他日入禅院，大昧悔平生，太匆匆，荒芜往日心迹，何处觅咸宁。

自当下，怀揣天真，绽放笑颜，牵手善良，在心灵的沃土上，收获一种名叫“大爱”的果子，风也咸宁，雨也咸宁。

雪落，想起三眼古井

谯郡，雪落在王的国度。

在窗前，看到满目的纷纷扬扬，那些雪花在窗前上下翻飞的样子，调皮吊诡，远处看，满世界都是庄重。这样的情景，让人觉得改变世界有两种方法：一是战争，那样太过残暴；另一种就是雪落，那有着怎样的美好。

世间事，让人印象深刻的也无非就是这样两个样子：一是能够带给你痛苦；另一就是能够在你心灵深处留下回味悠长的曼妙。

雪落时分，在老街深处走，让人想起三眼古井。

第一眼井在大有街。故乡的文化学者魏斌先生说，大有街的街名是取“丰年大有”之意，眼前的瑞雪可不就是最好的兆头！大有街边，明王台前，有一口古井，名曰“花井崖”。这真是个诗意恣肆的名字，让人想起那样一个战火纷飞的时代，明王宫阙门前的那口古井，泉水清冽，井栏上，各色的花朵次第盛开，“花井崖”说不定就这样被喊出来的。当年，周遭的老年人还吃过花井崖里的水，但是，他们不喊它“花井崖”，而称它为“花井爷”。旧时，挖一口井，是一项巨大的工程，人们格外尊重井，通过量词都可以看出来，人们提及井，都说成是“一眼井”，意为像爱护自己的眼睛一样来爱护它。毕竟，井是维系人生命的必备之物。

第二眼古井在洪济桥街，人称“洪济桥古井”。这眼井的传奇色彩就更加浓厚，说它是井龙王羡慕北关老街的美，经常到北关来逛逛，特意央人钻了一眼井，这样，他到北关老街来溜达就方便多了。老辈人之间流传着这样一个有趣的故事，说是在洪济桥古井里投一只鸭子，隔半个时辰，这只鸭子能从涡河里游出来，足见，这眼井是与涡河相通联的，玄妙至极。说不定，河神也喜欢借道这眼井，到这里来溜达。

第三眼古井在花戏楼景区内，名为“玉字井”。这玉字井的来历就更加神奇，从高处俯瞰花戏楼附近的街道，老砖街、小花子街、咸宁街组成的三条横向街道，是三横；大花子街和神龙巷连接成一条纵向街道，恰为一竖。这样组合起来，正好组成一个“王”字。民间传闻，亳州要出帝王。当朝的皇帝知道此事后，特意命人在咸宁街上打了一眼井，化“王”为“玉”，就破了亳州的帝王之气。至于是哪朝哪代，已无人考证，只知道这眼井千年不枯，来此井汲水，均有好运来。

看一座城市，一眼观其貌，两眼观其味，三眼观其韵。一片街区的三眼古井，是上天眷顾这片区域的“三眼”，且是青眼相加，何其美妙！

雪落在井口的样子，又近乎童话。雪落，可以远观，盈盈的热气从井口冒出来，俨若仙境。

上天梯

上天梯应该是亳州北关老街现存最古老的一段道路了。上天梯，在民间被称为“一百二十五步上天梯”。单听名字，好大的阵势！

中国人形容一件事特别难，向来称之为“比登天还难”。此处竟然可以登天？如何个登法？一定要去看看。

旧时，从打铜巷向西走，过了洪济桥，再向西走，是一片洼地，曰“熟皮坑”。熟皮坑是干牛羊皮浸泡软化的水坑，这里地势较低，每逢阴雨天气，道路泥泞，异常难走，加之地势落差明显，想上洪济桥下面的那处台阶，比登天还难。

为解决这个难题，附近有些家资的商户便自发筹集资金，从外地选购了青石条，整整二十五条，铺就了一座二十五级的石台阶，人们往来上下终于不再受摔跤之苦。地势一高一低，从洼地处看起来，这二十五级石阶好似“天梯”。为铭记这些出资修路的商户，人们在台阶附近立了一块功德碑，镌刻捐资者的名字。在亳州本地方言中，“碑”与“百”谐音，一块碑与二十五级台阶联合起来一起读，就变成了“一百（碑）二十五步上天梯”了。

当然了，这是上天梯的第一层含义。第二层含义和一个人有关系，他就是许逊。

许逊这个人来历就大了。初唐人胡慧超所撰的《十二真君传》中记载：“许真君名逊，字敬之，本汝南人也。祖琰、父肃，世慕至道。”一句“世慕至道”，说明了他的家族修为。据传，许逊天赋异禀，在修道上很有作为。他曾在少年时打猎射中了一只怀孕的母鹿，母鹿受伤后，自知命不久矣，产下一只小鹿，并且不顾箭伤，舔舐小鹿，直到小鹿站起来奔跑，才死去。许逊受这件事影响很大，自此立志修道，后来，他还曾降服为祸乡里的孽龙，声名大噪。许逊 42 岁举孝廉，寿至 136 岁那年，中秋节这天，举家 42 口，连同自家的宅院瞬间消失，去了哪里，不知所终。民间传闻，这就是所谓的“拔宅升天”，就连鸡犬也一起飞升仙境，修为何其之高！“一人得道，鸡犬升天”的典故也正来源于此。

许逊，后来被道教称为“许真君”“许天师”，也就是所谓的敬明道祖师。

由于当年许逊擒伏孽龙的地方在江西，所以，江西人民格外敬重许逊。乃至江西人出门做生意，在各地设置的会馆里都供奉有许真君像，设有许真君祠。

扯了这么远，许逊到底和亳州什么关系呢？亳州的许真君祠就在打铜巷中段的江西会馆，后来更名为万寿宫，富丽堂皇，建筑之美仅次于花戏楼（关于这点，我曾专门撰文《百年浮沉万寿宫》）。如果从方位上来说，许真君祠与上天梯所在的位置在一个水平线上，遥相呼应，在一定程度上暗合了许逊一家“拔宅升天”的神话故事。

如此说来，上天梯就不单纯是一段普通的石阶那么简单了，还有一重人们对许真君的敬重在里面。

百年古祠一朱公

给一个人建生祠，应该是对一个人品德的最高褒奖了。一个人还活得好好的，就有人敬仰你、追捧你，这要有多大的魅力；同样，一个人的生祠以“书院”来命名，也是对古代知识分子成就的充分肯定。

朱之琏，这位曾经一度闪耀在亳州夜空上的星斗，音容笑貌早已不在，也没有留下他的影像。翻阅古籍，仅有一幅画像，消瘦，茕茕孑立，似有用不完的精神劲儿，这样的眼神，很是稀有。

康熙三十一年（1692），一位意气风发的年轻人刚中进士，正是挥斥方遒的年龄，却轻装简从，只带一名书童，在晨光熹微中来到亳州。主仆二人叫上一份牛肉馍，就着蒜瓣吃得正舒坦，忽听得沿街路面上一阵号啕，一位老汉涕泪纵横地追着一个年轻人，近乎乞求道：“王老爷，饶了我家翠儿吧，她才 16 岁，还没有长大……”年轻人一把

朱之琏塑像

将老汉推开，高声吼道："老不死的，你懂什么，老子今天非要娶她！"

这个泼皮一样的年轻人名叫王一尺，是横行乡里的恶霸，仗着其母曾经做过康熙皇帝的奶妈，肆无忌惮地在亳州大地做尽恶事。前几任亳州知州都对他束手无策。王一尺朝中有人，别说是知州，即便是道台也不敢拿他怎么样。听说新任的知州要来，王一尺打算给他来个下马威，把亳州当地的所有吃水井填埋殆尽，只留下他自己家的一口，所有人都要到王一尺家来打水。借着这个时机，王一尺调戏妇女，犯下了不少见不得人的罪孽。

朱之琏看到这场景，气不打一处来，刚到亳州，就有人敢向自己叫板！朱之琏顾不上舟车劳顿，立即赶到府衙，升堂，要三班衙役去拿王一尺。一旁的师爷见朱之琏是一位“强项令”，赶忙附耳把王一尺的“来龙去脉”说个究竟。哪知道，朱之琏并没有退却，依然坚持派人把王一尺押送到了堂前。经过当堂对证，王一尺对强抢民女的事实供认不讳。朱之琏当即收押了王一尺。

这样一来，王一尺的家里人可急了，赶紧快马修书一封，到京城去“搬救兵”。

府衙之上，昔日里受王一尺欺压的百姓纷纷前来告状。经搜集，王一尺在亳州所犯罪行，罄竹难书。朱之琏也把王一尺一案，快速上报给皇上，哪知道，皇帝仅仅回复 11 个大字：“御赐木板刑三下。就此作罢。”朱之琏一看便知，皇帝这是明显护短。但王一尺不除，亳州将永无安宁之日。想到这里，朱之琏计上心来。他通过多方打探，

从亳州城南一个名叫魏园的村庄找到一位臂力惊人的勇士，提拔他为衙役，让他来为王一尺行刑。大堂之上，勇士举起木板，仅仅两下，王一尺就没有了气息。

除掉了恶霸王一尺，朱之琏在亳州老百姓心中一下子声名大噪。百姓安居乐业，市井一下子又热闹起来。有许多当地做药材生意的乡绅每逢传统佳节，都想与朱之琏套套近乎，送去金银细软、珠宝玉石。朱之琏不仅分文不取，还把这些人列入“黑名单”，不与他们往来。

朱之琏喜欢与哪些人交往呢？养桑蚕养得好的，种药材的能手，能药到病除的医生，会兴修水利的技术人才。仔细一想，人们方知朱之琏心里始终装着民生。也正因为这些，朱之琏成了亳州百姓心目中最值得信赖的父母官。康熙四十六年（1707），亳州百姓自发为朱之琏建造了生祠——朱公书院，以示尊崇（自书院建立之日起，香火一直不断，直至现代，后因文物保护，才禁止焚香）。后来，朱之琏到安庆做官。康熙四十八年（1709），亳地突发水灾，瘟疫四起，朱之琏再次被任命为亳州知州。一上任，他就组织救灾，很快水退病消。

如今的朱公书院坐落在亳州全国4A级景区花戏楼院落内，游客来到这里，看到“朱公”二字，景仰之情油然而生。

朱之琏两任知州，在亳州生活长达18年之久，其功绩毋庸评说，单单用至今在亳州大地上流行的一句民谣便可窥见一斑：“宁断油钱，不断朱公香火钱。”

第三辑 坊里人家

最庸常的日子，最平淡的幸福，最小资的情结，这些，在亳州古城里葳蕤生长。老街慢，慢条斯理地享受着人间烟火；时光凝滞，往事钩沉里，不必惊天动地的大幸福，不妨是平淡悠远的小确幸。

北关的温度

亳州北关老街，坐立在城市的北边，枕涡水，望古城，拥商业市井之繁荣。这样一片街区，它的温度何在？

在垂丝海棠的妖娆里。南京巷钱庄的垂丝海棠，在青砖灰瓦的映衬下，分外妖娆。钱庄这一听上去就让人感觉金粉一片的地方，有垂丝海棠这样的娇颜，好似锦缎上的一点红，或是小姑娘脸蛋上的一抹胭脂。

在铁鏊子上烙馍的甜香里。从白布大街进入北关老街，刚入街口，就能望见铁鏊子烙饼，上好的地道羊汤，配以烙饼，吃出一座城市的厚度，也吃出北关人的热络和自来熟。烙馍卷大葱是山东人的吃法，烙馍加羊汤，是亳州美食的经典搭配。

在北关人家的日常里。在北关居住的人家，有的已经四世同堂，数十年如一日生活在老街深处，莳花弄草，生儿育女，忙着自己的营生，日复一日，年复一年，进进出出，他们，也成了老街的风景。

在每一处招贴与年画里。北关最老的墨庄，除了经营古墨，也有年画出售。那种最原始的油印年画，贴到黑色的门板上，很有古典意趣。让人看上去，忍不住回眸，定神，盯着好久，看出了童年回忆。

在粮坊会馆接地气的相声里。依托着漕运文化建立起来的北关街区，一直以来就有听戏曲、大鼓书和相声的传统。想来也是，商贾们风里雨里打拼赚了钱，目的是为了享受当下的生活。相声，清末至今一直活跃在各茶馆、戏院之中。下了雨，没处去，去听一场相声，是与众不同的老街味道。

在紫阳斋酱菜的酸爽里。作为经营百年的老字号酱菜铺，紫阳斋所经营的最“老土”的五香大头菜和酱瓜，在亳州，统称为“老本打”吃食。紫阳斋的酱菜，味道自成一格，一代代紫阳斋的传承人，用真心腌制酱菜，让人吃出一种别样的岁月质感。

在老街人牌九桌上的哗啦声里。老街，老房子，老人，喜欢打的也是最古老的骨牌，俗称“牌九”。我曾多次在南京巷里见到几个年逾古稀的老者在玩牌九，玩得入神，完全不在意谁从身旁经过。有几个文友来亳州，发现这样一幕，感动得竟然掉下泪了，不住地感慨，太悠闲、太安逸了，眼前的老者，让他想起了自己的母亲。

在每一寸老街巷里穿梭的气息里，在来来往往的人流里，在每一份老街美食的厚味里，在老街每一次曙光和落霞里。

沉浸在北关老街里，自然能感知到我所说的一切。

从帽铺街出发的万家灯火

城市的北关，有一条帽铺街，旧时是以经营帽子为主。我们可以设想一下，一家店铺接着一家店铺，门前挂着的，礼帽、鸭舌帽、牛仔帽、贝雷帽、纱帽、军帽……简直是一个帽子的大观园。帽铺街北临涡河，原来有一座浮桥在涡河上漂着，人们从帽铺街买了一顶帽子，经

最早的帽铺街门牌，驻守着最后一寸光阴

浮桥到涡河北岸去。熙熙攘攘的人群，或小或大的河风，不知道有没有调皮的风把一位女士的纱帽吹到河里去，让晒得黝黑的船工小伙儿帮着捞上来，是否会成就一段姻缘？

后来，随着时光推移，“绅士”和“小姐”这样的高雅称谓逐渐退出历史舞台，仅留下了一个个“称谓”，除了外出遮阳或头发的缺陷以外，人们也逐渐不再那么喜欢戴帽子，纯粹靠容颜秀发“取胜”。帽铺街也在时光深处进行了华丽转身，原来以经营帽子为主变成了以经营竹编为主。筢子、竹篦、竹篮、竹筐……从帽子手中接过了“接力棒”，在帽铺街的舞台上各显身手。

短短的一条帽铺街，不足百米，从街口，就可以望见涡河里翻卷的浪花，也可以感受到河风里裹挟来的湿润气息。漫步在帽铺街，从青灰色的砖瓦里依稀可以寻觅到往日的痕迹，有些砖上镌刻着浓重的时光印记，比如“公产”等字样。在那个公私分明的时代，就连砖瓦也要打上印记，人哪里有徇私的可能？这些砖瓦是一股难能可贵的清风，记录着一个时代的谨慎。

走访了许多老辈人，他们说，旧时，这里有一家花轿店，名曰：肖家花轿店。那是整个亳州地区为数不多的花轿店之一，从这里做出

的花轿之好，为人间喜事增色不少。现在，新人结婚很少再坐花轿了，少数的花轿，已经被移到博物馆，供人们观瞻。

说到喜庆，在这条街上经营的还有一项特别中国风的工艺品，那就是纱灯。纱灯，顾名思义，竹篾做的骨架，外面蒙上红纱做成的大红灯笼。当然，也可以根据需要变换颜色，但一般多为红色，寓意吉祥喜庆。

想起唐代诗人韦应物的诗句："林院生夜色，西廊上纱灯。"纱灯通明地挂在门前，何其妖娆！那时候，整座城市的大红灯笼皆出自帽铺街。帽铺街上的匠人们，每到春节临近，就闲不住了，夜以继日地忙活，只为万家灯火里融融的团圆氛围。

灯笼，是建筑的眼睛，更是一家一户的守夜者。夜静下来，一盏盏纱灯亮了，有犬在吠着，这样的吠声让巷陌更加幽深。有夜归的人回来，推开帽铺街某家店铺的门，一尺灯辉斜照出来，一家人都还在厅堂内忙活着竹编制品，静待第二天卖上一个好价钱。

到老院子去发呆

在午后，走进老街，最想看的，还是老院子。

街巷好似一双双伸开的手臂，敞开怀抱迎接来来往往的每一个人。这些街巷，也在拥抱每一片秦砖汉瓦，拥抱每一座老院子。

光阴流转，老院子在街巷的怀里慢慢焐热，草木萌发，人心向暖。每一个在老院子内生活的人，如沐春风，愣是把“偏安一隅”这个词变成了褒义词。

我曾走进过许多座老院子，这些老院子总给人一种安谧的氛围。

走进古淝公所的时候，院套院的古典四合院结构，像极了中国汉字“回”字，老院子在用自己的建筑之美召唤着每一个从中走出去的人，回家，回家，回家……这是一座造纸业协会建造的会所，会所的商人多为徽州走出来的，加上了“古淝”字样，印证了这些商人系合肥人。

一辆马车，承载着老院子的繁盛

合肥并不属于古徽州，为什么供奉朱熹？很值得我们在院子里托腮思忖。在思考中，日色偏西。找一个院子发一下午的呆，也不失为一种好情怀。

老院子是装满祥瑞之气的能量场。在故乡的老街里，有一处名为“钜兴瑞药号”的老院子，原为河南怀庆府人原开山的私人府邸。后来，在药都亳州经营药材生意的他灵机一动，把自己的府邸改成了一家药号，既囤药，又让郎中帮人看病，老院子里往来的商人、医人、病人络绎不绝，成了独特的老院子风景。据后人回忆，后来，这院子不做药号很多年，仍能闻到浓浓的药材香气。这样的老院子，贮存的何止是药香？还有一种健康和养生的正能量存在。

我曾见过一位诗人组织的一项非常有意思的活动，叫“到老院子去发呆”。在社会节奏如此之快的当下，“发呆”无疑是一个奢侈的字眼，这样的一种举动，不仅要有闲，更要有情怀在里面。在老院子发呆的时候，青砖灰瓦是最好的见证者，雕梁画栋是最好的陪伴者，院子里的花花朵朵，在微风里香气四溢，我们的思绪可以在院子里的每一个房间里飞驰，在镂空的花墙里穿梭，在每一只抱鼓石上停歇。那样的时刻，乘物以游心，不似庄周，恰似庄周。

我曾去一处名为“福建会馆”的老院子里走访过那里的居户。这座老院子距今已逾二百年，住在老院子里的人，户籍早已不是福建人，他们一代又一代都生活在这样的院落里。洪水侵犯过，冰雹侵蚀过，黄泛区的黄沙加上周遭建筑的翻新，把院子的台基都掩埋了许多，但是，他们依然坚守在老院子里。他们认为，这样的老院子，尽管设施已经不太适合现代人的居住要求，但是祖先的灵气在，祖先的祝福和嘱托，是任何现代建筑所无法给予的。

老院子，旧磁场，吸引着每一个在老院子生活的人，也吸引着每一个往来的参观者和造访者。我见过许多人走进老院子，他们对每一块图案仔细推敲，对每一处木雕细细琢磨，对每一块纹饰慢慢考量，他们兀自立着，似一树老梅，静止在老院子的时光里，虔诚而谦恭。

他们，仿佛也成了老院子的一部分。

没事的时候，常去老院子去发发呆，浪掷一下时光吧，建筑有时候能提供给我们砖瓦木材以外的更多东西。

老街民宿四合院

灯是古城不眠的眼睛

一座城市或一片街区是有两面性的，白日是男性的，晚上则是女性的。

或者说，一座城市有两种打开方式，白天的打开方式是吆喝声，晚上的打开方式是灯盏的通红。

春节期间，在亳州的北关老街闲逛。掌灯时分，走进街巷之间。夜晚的古城静若处子，躺在城市的怀里。在外面劳碌了一天的人们回到家里来，掌灯，烧饭。万家灯火里，多少人间烟火气息，这就是生气。一簇灯火，就是一种召唤，静待家庭里的其他都市夜归人。

夜深时分，一条街，一个巷口，其实都是一个敞开的怀抱，亮灯的街巷是笑容可掬的老者，让人愿意亲近；黑灯瞎火的街巷是面目森然的莽夫，让人敬而远之。

灯是老街的眼睛

夜的大幕徐徐拉开，百年以前的老建筑如山，黑魆魆的，在无形之中制造了一种压力。而灯光，无疑是一双双眼睛，可亲，可信，可爱。有时候，灯光也意味着向心力，人都喜欢迎着光走，走进光明，走进希望，走向愉悦。

灯光之于老街，也是一种磁场。一片老街的人气，除了靠人间烟火气息，还有灯光。一盏又一盏灯亮起来，灯光借人的眼睛，把人的心房也照得亮堂起来，光给人的躯体和心灵都注入了一种力量。这力量，让人一往无前，义无反顾。

灯火是一座古城的别样打开方式。一座古城晚上灯光营造得好，就明眸善睐了，就和蔼可亲了，就令人神往了。

对于一座古城来说，灯笼是必不可少的装饰品，好比美人之于耳坠。故乡有句俚语，叫“千打扮，万打扮，不戴滴流不好看”。这个“滴流”指的就是耳坠。那么，对于一座古城亦是如此，没有了灯笼的装扮，就是一个人素颜示人，有一种素面朝天的美，却总没有略施粉黛显得对人尊重。

街灯好似守望者，静待夜归人

故乡的城市，有一片老街，名曰“北关”，它的每一条街巷的路牌都是可以发光的。每一面路牌都是一把火炬，给人带来希望。对于一条街道来说，路牌所带来的光亮不光是亮化和美化，它们有时候甚至可供羁旅之人找到心灵的皈依。

巴金说：“几盏灯甚或一盏灯的微光固然不能照彻黑暗，可是它也会给寒夜里一些不眠的人带来一点勇气，一点温暖。”是的，在功利化日益加剧、亲昵和温暖日益宝贵的今天，有太多的人需要一丝丝温暖来制造感动，发现美好，承载希望。

女儿在小的时候，总要求我们在房间里亮着一盏床头灯。小孩子总是畏惧黑暗。其实，成人又何尝不是如此，黑漆漆的胡同，无形之中会给人带来一种恐惧感。走着走着，容易让人后脊梁冒冷汗，巷口哪怕是夜市馄饨摊的一点灯光，就能像启明星一样，带给人向前的动力。

所以说，一座城市，有多少亮着的灯光，就有多少不眠的灵魂，就有多少夜以继日的奋斗，就有多少宵衣旰食的谦冲，就有多少思维活跃的创造，就有多少蓝色的梦幻与神秘。

灯，是古城不眠的眼睛。

坊里人家的小日子

“读有趣的书，养雅致的情怀，过幽居的小日子”，这一定是很多人都梦想的生活。

老街人家的闲花野草

若干年前，我读汪曾祺的《人间草木》，感知他文字的“淡然”“趣味”和“深静”，看他写过的葳蕤的草木，安逸的小日子，人性纯良的生活，我习惯上把这些生活在脑海里设置场景。我的场景就是故乡的北关老街：幽深的巷子，被蝈蝈灌满的街巷之声，还有谁家门前种的花草，谁家窗口刚刚晾晒的衣服，还滴着水——这鲜活的日子，一度让我垂涎。

旧时，这里是重要的商业街，因亳州是药都，天南海北的往来药商，数不胜数。如今，药市转到了别的区域，更加专业化，药商留下来的老房子，住进了本地的居民（当然，也有不愿走的药商留下来），在巷陌深处或静守光阴，或早出晚归，或从药材经营转行，做了别的营生。

这些老房子，大都是前店后坊，旧时的门面，放着也就可惜了，街心里的居民便各自做起了小生意，有的开一家牙科诊所，诊所前也不忘放置些花草，给前来看病的人一份愉悦的身心；有的开一家饭馆，专门经营本地的特色小吃，供四邻八方和往来的游客品尝；有的开着祖传的老字号：糕点铺子、膏药铺子、打铜铺子、做鼓铺子、剪纸铺子……这些老字号门前，非常能聚拢人气，引人观瞻；或者索性开一家小超市吧，让邻家馋嘴的娃娃有个买零食的去处；或者开一家老式的骨牌馆子，让那些业已耄耋的人有个精神寄托……

其实，什么都不做也好，就是居住。冬天的时候，在门槛外晒个太阳；春天的时候，在门前莳花弄草；夏天来了，用刷洗一新的蝈蝈

一间诊所也可以这样不失雅致

笼子，养三五只欢唱的蝈蝈，给某位羁旅之人提供一个别样的午后消遣；冬天也很有意思，在窗内看雪，在屋里生一只炭炉，用干豆角来烧一锅五花肉，一家人吃得其乐融融……

岁月静好，清水养玉的日子谁不喜欢？睡到自然醒，饥来困来眠的日子谁不稀罕？

有一幅漫画说：“满树叶子的时候，人们只顾低头赶路；只有一片叶子的时候，人们会抬头仰望。”这话，我似乎也可以换算到老街生活里，也可以类比坊里人家的小日子。相比较宽体洋房来说，窄窄的只有几十平方米的小店铺，不就是“一片叶子”的树吗？所以，我们才会仰望，才有渴望走进的欲望，才会有很多人如我，一直想在老街有一套房子，开一家自己喜欢的书馆餐馆茶馆博物馆，过自己喜欢的坊里人家小日子。

和一片小瓦做朋友

到亳州老街，不能不看小瓦；到了老街，也不能避开小瓦的视线。

小瓦不仅是建筑的眼睛，它盯着一代又一代屋檐下的人成长。它还是古代建筑的满头秀发，承担了一片屋檐的大半功能，却把荣耀让给了瓦当和滴水。兴许小瓦是这样想的：瓦当和滴水是古建筑的前额，前额敞亮了，自己才有尊严。

有时候，在老街泡得久了，我总觉得，小瓦像极了邻家的少年，

且是穷人家的少年，早当家，能顾家，身兼风雨全不怕。

小瓦有灵性，历经百年而不腐，青苔生过，鸟雀站过，雨水冲刷过，霜雪冻过。它又像一位饱经风霜的老者，满腹的经纶等着人们去开启。

其实，再也没有和一片小瓦做朋友更好的了。

小瓦站得高，高屋建瓴。跟小瓦学习，能拓宽眼界。云飘过，鹰隼展翅过，清风吹拂过，都瞒不过小瓦的眼睛。

小瓦经风雨，栉风沐雨。跟小瓦相处，最能感知岁月风霜。什么是挫折？什么是削磨？什么是荆棘？小瓦最有发言权。

小瓦隐忍低调，静待流年。它虽然不说话，但近距离感知，能顿悟一片小瓦带给你的哲思。何必什么事情都要急于倾诉，什么事情都要辩个明白？岁月有时候是最好的试金石，久了，一切水落石出，一切真相大白。

小瓦色调青灰，像极了中国的儒士。儒士们彬彬有礼，传统有德，怀有“大庇天下”之公心，不逾矩，不轻言，不偏颇，有中和之气。

小瓦宁为玉碎不为瓦全，宁折不弯，从不轻易变形，粉身碎骨浑不怕，要留清气在人间，这就是最早的中国君子的图腾。

所以，我一直认为，中国的建筑最像中国的人，中国的人最爱中国的建筑。在中国，谁没有小院情怀？谁没有古建筑情结？不然，为什么现在的中国格调的民宿备受青睐？

认知中国建筑，不妨从一片小瓦开始。和一片小瓦做朋友，不经意间，我们总能学到很多。

胡同是走累了的街道

每一条胡同都曾是城市的主角。它们都曾威风过，承担过旧时车辆，让舒服的风、来来往往的人从中经过。后来，随着时代的变迁，人们的欲望和社会需求让街道越来越宽，胡同逐渐由主角变成了配角。街道上，车水马龙，胡同蜷缩在城市一隅，不争不逐，不卑不亢地静享光阴，在胡同看来，每一寸年华每一处位置，都是时光的恩赐。

在亳州北关老街，有一条神路巷。这里曾经被老百姓认为是城隍爷出游的必经之地，所以，称之为“神路巷”。后来，随着周边街区的变迁，城隍庙倾塌，神路巷也显得越发窄小，人们把神路巷更名为“神龙巷”，窄窄的胡同，可不就像是一条龙吗？的确，神仙走的路，化成了一条龙，也灵气毕现，也很有神韵。城隍庙不见了，人们念及这条路的名字，一样余韵悠长，神龙见首不见尾，这样的名字永远要比新时期命名的许多路名要有意思得多。

我还曾遇见过一条巷子，名字是“清风巷口”。多么优雅，似乎是从《诗经》里走出来的名字。如今，尽管蜷缩在城市的角落里，只待我这样的地名爱好者从旧志中寻觅到，它却并不感到寂寞。我走进这条小巷的时候，脚下的野花开着，巷口的街牌虽已生锈，有深蓝油漆的地方却锃亮如初，这也许就是一条巷子的“不改初心”吧。这样的巷子，尽管破了点，却不破败，让人一走进去就肃然起敬！我甚至有时候想，若是开一家名叫“清风巷口”的书店或者咖啡吧也不错，或许，还能做一档廉政类栏目的公众号，一样令人清心赏目，一样让人感到别出心裁。

胡同，是社会最好的记录者。这种记录，不光体现在建筑上，还有许多风土民情、人文传说，都在胡同里得以延续。因为，在胡同里住着安土重迁的老人，他们身体力行地记录着时光深处的细密脉络，就像这些胡同，放远了在高处看，也是细密繁复的神经，一座城市的末梢神经，牵扯着每一寸旧光阴。

社会不停地向前发展，人们不停地抛弃一些旧习俗，城市不停抛弃一些旧设施。有太多的城市在时光的大漠里被掩埋，又有太多的城市在时光的废墟要重建。每一座建筑都有自己的寿命，每一片街区都有自己的轮回。我们总感觉到，有很多街道在匆匆的时光步履里走累了，慢慢把接力棒交给新的街道，它们退缩成了胡同，不再装载高大上和“主流”，只装载温馨的小市井，还有“明朝卖杏花”的吆喝声。

胡同是走累了的街道，街道是还在亢奋前行的胡同。

老街里的静时光

老街如猫，蜷缩在城市的北关。

雪后初晴，老街里的一切都像新梳洗过一样，宛如一位女子待字闺中太久了，终于等到了嫁人的日子，好一番梳洗打扮，锣鼓班子吹吹打打，就到了门前。

是的，一场又一场的北风之后，天地之间似乎被糊上了一层泥坯，太阳的一道光剑，把一切都劈开了。雪化了，世界都洗了一把脸。

在这时候走进北关老街，街巷之间透着一股清新的气息。皖北人习惯上称街巷为“街筒子”，满街筒子的清新灌入鼻孔时，人格外舒畅，在街巷深处走，望着两侧的店铺，犹如人穿行在山沟里。只不过山沟里的草木不会和人对话，而店铺里的商家会招徕顾客说，“进来看看”“我家新做的板面”“绿豆糕吃不”……

沿着老街往里走，触目可及是屋檐上的冰溜子，它们像是玩魔术的杂技演员一样，倒扣在房檐上，晶莹剔透，许多孩子拿着竹竿在够这些冰溜子，然后用胡萝卜一样的小手握着，调皮地在嘴里咬着这些嘎嘣脆的冰溜子。在他们看来，这些冰溜子就是夏日里的棒棒冰，刺激中带着冒险的意趣。

街巷尽头的阳光里，有推牌九的老人，他们大都年逾古稀，有的

生意间隙的阅读时光

已经年至耄耋，满头银丝，优雅地打着牌，几乎没有什么声音，偶尔有，也是唠闲嗑，拉拉家常。快过春节了，说一说各家置办的年货，今年过节，儿孙是否从遥远的城市回来团圆。他们，已经成为街区独特的风景，有很多游客从他们身边路过，会折过身来驻足，观赏半天，望着这些安详的老人，钻研一番他们的牌法，再恋恋不舍地离开。

旧书店

老街深处那个嗑瓜子的妇人，长年累月在门槛内嗑瓜子，望着游人笑。她是个有故事的人，年轻的时候，她有两个儿子，大儿子在外求学时，遭遇交通事故，离开了她。她的大儿子爱吃瓜子，常常偷偷在隔壁炒货店买瓜子。她一直认为，大儿子并没有死，而是去远行了，她嗑这么多瓜子，目的是等待儿子回来的时候，给儿子吃。

老舍说，生活是种律动，须有光有影，有左有右，有晴有雨，滋味就含在这变而不猛的曲折里。很多人以为这位妇人患上了精神病，其实并没有，她这样做，是一种别样的寄托，是怀念亲人的另一种别样方式。

冬日里，人们都喜欢循着热气而去，比如，从打铜巷的铜匠那里买来汤婆子，不离手地暖着。老茶馆这时候的生意最好，有事饮酒闲饮茶，闲下来，人就喜欢往茶馆跑，茶炉上盈盈地冒着热气，冲茶的瞬间，茶香四溢，喝茶的时候，人周身都神清气爽，何等惬意。收音机里，播放着陈年的二夹弦，似乎是《三拉房》之类的老戏，茶馆里的老人听得入神，连手里的水烟袋和桌上的茶都忘了享用。

恰逢小寒节气，老街里的静时光，被一盏茶氛晕染，淡开，似一幅山水画，等待着越来越多的人去阅览。

老街慢

我一直喜欢写老街，很多人都喊我是“老街控”。是的，做一位“老街控”有什么不好？

我怀念老街里与众不同的时光印记。明清建筑的商铺，前店后坊，亦店亦家，这种家庭手工作坊的延续，是一种手艺的传承，也是匠人精神的再现。偶尔，还可以见到几座民国印记的会馆。走进这样的建筑里，宛如穿越在不同的时光隧道里，优哉游哉地漫步。时光在我们的目光里，像是唱片机，想赏阅哪段，就把磁针放到哪段。

我怀念老街里的隐喻而不直白。比如，一条名叫姜麻市的小巷，乍一看，总以为是卖姜和卖麻的专业市场。仔细向老辈人打探方知，原来这里和生姜、麻绳没有任何关系。旧时，老街里的人生活滋润，吃过了午饭，泡个澡，然后就去姜麻市打麻将。姜麻，原来是麻将颠倒过来的隐晦称呼。

我喜欢老街各种功能的迟缓。老街中至今保留着诸如活字印刷厂、大碗茶、戏院、老式浴池之类的东西。在活字印刷厂里，印两张属于自己店面的海报，一股墨香带给你浓浓的年代感；在老茶馆喝上一碗盖碗茶，淡淡的茉莉花的清香沁人心脾；在大戏院听一段二夹弦，这些稀有的小剧种在时光深处散发着独特的声音魅力；在老式浴池里找一位搓澡师傅来一次按摩，老方式总能给人一种熨帖的舒适感。

斑驳的砖瓦也许很多年都没有人修了，这种在岁月的风刀霜剑里

老街的慢生活被一只蝈蝈唱响

慢慢剥落的砖灰恰恰是老街应有的味道。尘封多年的老邮局，虽然多年没有人前来邮寄信函，绿色的邮筒里却装满了多少年多少颗心灵的浓浓期盼。货运的老码头，原来人们都喊它江沓子，其实原本就是一条河，被人喊出了大江大海的气象。货运改旅游观光，有着一种旧貌换新颜的美。

从前的老街，街道并不宽，张家卖烧饼，李家卖米线，隔着一条街道，可以互相落座；你的顾客也就是我的顾客，你的生意也就是我的生意，同行不是冤家。在老街，我们称之为“芳邻”。

从前的老街，建筑并不高，一层店面的招幌，二层店面的窗户横撑，蹦起来都能够得着。矮矮的建筑，谁也遮不住谁的阳光，谁也挡不住谁的天际线，风吹进来，雨淋进来，感受地地道道的人间烟火，这是名副其实的雨露均沾。

从前的老街，甚至连个空调也没有，要什么空调呢？青砖灰瓦的建筑，墙体足够厚，门窗足够宽，房梁足够高，一切都是原生态。老街里的房屋是天然的恒温体，冬暖夏凉，远胜过钢筋水泥丛林的密不透风和森然。

老街慢，慢是一种格调。蜗牛也慢，但谁会去拿它和动车飞机来比较呢？

老街慢，慢是一种智慧。乌龟也慢，但谁不知道它的慢是关于长寿的积蓄？

老街慢，慢是一种情怀。如今，快的东西太多了，飞机、电话、微信……但总觉得少了几多含蓄，少了几许隽永，少了几重引而不发的玩味。

断壁残垣边的一朵花也藏着幽静的光阴

绿杨深巷马头斜

风真的暖了，走在巷子里，一股一股的风，像淙淙的暖流，吹在人的脸上，有一缕淡淡的花香。古人说，春如线，果真如此。

巷口的树木已经变得葱绿，斑驳老墙上的野草也开始疯长，在微风里，摇曳身姿，在高处兜售自己的漂亮。这样的情境，让人想起杜牧的《闲题》：

男儿所在即为家，百镒黄金一朵花。
借问春风何处好，绿杨深巷马头斜。

春风何处好？又有哪里不好呢，春风过境，美的何止是马头斜？古人就是含蓄，春风里的好光景，明明是自己不舍得走太快，一而再再而三地勒住马缰，偏偏只撂下“马头斜”三个字，把人对风景的眷恋写得如此传神。

我一直觉得，唯有巷子里的春天，才是真正的春天。

田野里的春天太繁盛，铺天盖地的春色，绿得汪洋恣肆，好像一个长相俏丽的姑娘大大咧咧，不懂得含蓄与引而不发。巷子里的春天就优雅多了，巷口的一棵树，让我们走在巷子里，有一种“管中窥豹”的美，冷不丁地一株桃花伸出墙外，在青砖灰瓦的映衬下，妖冶得让人灵魂出窍。

走向老街深处的巷子里，念着“绿杨深巷，人倚朱门，不是寻常

青砖灰瓦，花在墙上溜达

模样”这样的句子。这样的画面感，总觉得应该有一位邻家姑娘，在门前轻叩门环，听到身后有脚步声走过，慢慢地转身，那头瀑布一样的秀发，甩到了门环上，发丝与门环擦出银质的声响。

春，也是需要附着和载体的。人和春来早。巷子里的人间烟火，让整个春天都有了归属感。不管是盆景里的枝叶婆娑，还是院子里小菜园的新葱嫩嫩，不管是青砖上的绿苔绒绒，还是瓦片上能摸到天空的草芽尖尖，都有一种和暖的美。这种美，不似雕塑小品带给我们的冷冰冰，而是充满生机和生命张力。

我还是喜欢到老街中去散步，青砖灰瓦的历史感和沧桑感，让人感到熨帖，而不是高楼林立的压抑和恐慌。巷子，好似一节火车，人穿行其中，移步换景，不一样的春色山河装进眼睛和心胸。

巷子里的静，是外面汹涌的人潮所没有的。忘了去什么地方，记得那里有个胡同，名叫“听针胡同”。胡同里种了一棵百年的松树，一颗颗松针掉在青石条上，可以听到松针亲吻石条的声响，这得多静谧呀！走在这样的巷陌里，连咳嗽都不敢，生怕惊扰了谁家的春梦。

风簌簌地吹进院子里的高树上，杨树的叶子，哗啦啦作响。杨叶好似铜钱，有喜感，也有招财的意思，所以，很多人愿意种杨树在坊前。诗人说，愿借天风吹得远，家家门巷尽成春。这样的春风，这样的想法，是一种多博爱的情怀！春风沉醉，怎能不让人不停揽辔，或者是倚马来看呢？

每个人的青春都有一家老字号

在亳州的北关老街，有一家老字号，名曰：紫阳斋酱菜馆。紫阳斋这个名字真好，有淡淡的道家元素在里面。没进店铺，刚进街口，就能闻见浓郁的酱香。走进店铺，各色器皿里盛放着酱黄瓜、大头菜、榨菜、雪里蕻、腌洋芋头、八宝菜等各色酱菜。酱黄瓜是我最爱的一道酱菜，当下有句比较损的歇后语叫“老黄瓜刷绿漆——装嫩”。而

酱黄瓜则成功“拯救”了老黄瓜，让其不需刷绿漆，也照样可以永葆“青春”的脆、嫩。

紫阳斋的酱菜让我想起初中时光。我的初中是在一个名叫十九里的镇子上读的，那时候学校基础设施都不怎么完善，我们甚至没有一家固定的食堂，只得在班主任家里吃着原本不该属于这个年龄段的“小餐桌”。

“小餐桌”的主持者是班主任的爱人，我们喊她师娘。师娘每天给我们做的菜肴很简单，两块酱黄瓜，两个馒头，一碗稀饭，偶尔也有烧茄子，炒青椒鸡蛋，但最常见也最好吃的还是酱黄瓜。酱黄瓜很开胃，让我觉得每次两个馒头远远不够，就像一场电影，在渐入佳境的时候就结束了。

我至今记得班主任家腌制的酱黄瓜，脆爽可口，黄瓜的表皮还泛着青碧的嫩，腌制后的小小褶皱，让人想起隔壁班女生笑起来眼角的纹路。我也许就是在那个时候逐渐建立了对酱黄瓜的热爱，也正是在那个时候，诀别了各种袋装的寡淡榨菜，转身投向酱黄瓜的美味洪流里。以至于多年以后，我已年过而立，回味自己的青春感觉，嘴角荡起的仍是酱黄瓜的香。

那时候，我写作文，形容一件事情的回味悠长，不说“如老酒”，肯定要把酱黄瓜拉出来“救场”。比如，老师布置我们写一篇作文，名字叫《听一首歌的感觉》，我选择了刘若英的《后来》，我写的是：

“我不知道人家为什么喊她‘奶茶’，只知道听她的歌，有青春的沟回，这样的沟回里，有酱黄瓜一样的甜蜜，也有被咬合之后，唇齿之间的淡淡苦涩……”搞笑的是，那一次，老师竟然把我的这段文字用波浪线标注出来，并评语说“文字优美”。多亏了经年累月小餐桌上的酱黄瓜，满足了我小小的虚荣心。

每个人的味蕾都是一座浑厚的博物馆，它记载着我们所经历岁月的甜蜜与苦涩，也记录着印象深刻的滋味。后来，经年之后，我从事了文化旅游行业，在对老街区资料搜集的时候，邂逅了各类老字号，比如“紫阳斋酱菜园”，经营逾百年，享誉整个城市。我在这家店里，主动要求品尝一下酱黄瓜。咔嚓，酱黄瓜的滋味在嘴角蔓延，我瞬间觉得每个人的青春都有一家老字号，都有其别样的个性印痕。是的，每个人都有其压箱底的难忘回忆，种子一样在心底潜滋暗长。的确，青春里的很多滋味，有时候只能自己体味，是别人不能翻译的话本。

门牌：老街的胭红

老态，是老街的韵味。磨得发亮的石板路，长草的屋檐，十几年如一日的燕子窝，那些在街巷中穿梭的老人家，光阴不改。还有那静静地贴在门楣之上的门牌，用一串数字记录老街的每一寸芳华，岁月愈久，它就越有味道。

亳州北关老街上的门牌很有特色，这里毗邻涡河，依托漕运文化建设的街道一街一品，各有千秋。

羊市街的门牌是一只傲立于世的公羊头像。脚下踩着门牌号，洋洋自得，三阳开泰，一条小巷承载着怎样美妙的光景，一户人家浓缩着怎样的喜庆?

白布大街的门牌号是一匹翻开的白布。素到不能再素的底色，可以书写最新最美妙的图画，住在这条街巷里的人家该有着怎样的开拓精神?

南京巷的门牌是一枚铜钱。南京巷旧时是银行一条街,用铜钱做门牌,外圆内方中阐释着中国人古老的处世哲学,铜钱代表着财富,在这条街巷中生活的人们该有着怎样的富庶?

爬子巷的门牌是一位伏在地上的孝子。传说这里曾经有一位下肢瘫痪的孝子,每天爬着出去,用乞讨得来的钱来养活双目失明的母亲。后来,这条街巷的门牌号前都有一个伏在地上的人,仔细看,也像是一副铮铮而立的骨架,在这条街巷中生活的人该有着怎样的美德?

兴隆巷的门牌号是四只如意围拢而成。做生意的可不就图个四

南京巷的门牌自然和孔方兄脱不了干系

时如意、八方来财？所以，在每两个如意的交汇处都有一枚孔方兄，一条街道凝结着对整个街区的祝福，这片街区该有着怎样的繁荣和兴盛？

如果把老街比作是一件衣服的话，门牌是它的徽章，记录着老街的阅历，也诠释着老街的功勋，甚至透过它，可以联想到街巷的命名渊源，街中人的性情，街巷的商业功能，也可以看出一座城市的社会文明和经济发达程度。

门牌，是乡愁的皈依。人在街区内生活，在门牌后度日，娶妻生子，或蚕桑，或织布，或行商坐贾，或引车卖浆，或书香门第，或光荣家庭，或慈善之家……人在门牌后面的家里生活得厌烦了，就有了走出去的冲动。可一旦久居异乡，或是客居他乡，每每念及故乡，回忆就会沿着国道、省道、县道、胡同直抵老家门前，抬望眼，第一时间映入眼帘的就是老街的门牌号，如一把锋利的小刀子，剜得人心疼。

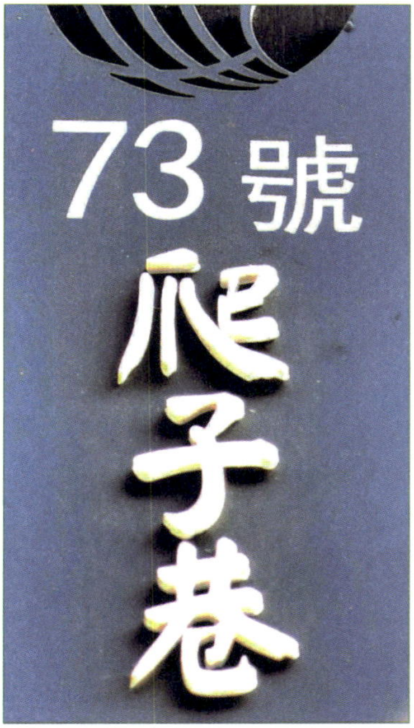

没有名称的街巷是肤浅的，

缺少历史；没有门牌的人家是单调的，好比女人出门没有化妆。

门牌，是老街的腮红，多少年来，一直妆扮着老街的妩媚，也许久居老街的人容易忽略它们。而对于不经意间走进老街的游客来说，门牌就是导引系统，是一座建设在门楣上的博物馆，每一条街巷的名字都值得玩味，每一串数字都值得推敲。

时光或许在以门牌的形式打出一张张纸牌，我们不知道下一个机遇和挑战各是什么，门牌背后的主人、家庭和故事，总会留给我们无尽遐想。

七月十五散河灯

在全国各地很多地方，都有放河灯的习俗。

亳州也有，人们把放河灯称为“散河灯”，多在农历七月十五日，地点也多在北关老街旁的涡河。

旧时，在七月十五这天晚上，吃过了晚饭，人们就带着自制的河灯穿过北关，向顺河街进发了。

红彤彤的河灯

浩浩荡荡的人群，蔚为壮观。

河灯的做法很简单，把或青或红的萝卜切成圆柱状，中间掏空，留好底座，中间的凹槽内灌入棉油，然后，放上一根棉线，做灯捻。如此，河灯就做好了。

农历七月十五，在很多地方被称为“鬼节”，天不黑，小孩子是要回家的。传说这一天，以前故去的先人会回来看自己的家人，这些灵魂在街上游荡，寻找回家的路。而散河灯，是送亲人的魂魄回去，或者是把祝福送给没来得及“回家看看”的先人。

数以万计的人围拢在顺河街上，在涡水边放下自己的河灯。望着的闪耀灯火，随着涡水淙淙东流，隐隐变小，他们似乎看到了亲人的笑脸或瞩目的眼睛。

一只只河灯在涡河水中跳跃着，成千上万只河灯组成的灯阵引得众人围观，就连江沓子码头上的船工也停下了手里的活计，静静地朝着涡河东流的方向远望。所以，七月十五日这天，涡河的风光旖旎。河灯不光寄托着对亲人的追思，还能带给人别样的景观。

涡水中的河灯，北关街巷内的万家灯火，交织在一起，从远处看，水天一色，市井繁华，浮生若梦。

芍药烹香，红袖煮茶

时光像是射出的一支箭，瞬间就落在了四月之末，谷雨过后，芍药展妍，一夜娇醉。芍药，这种旧时被高门大户人家当作盆景“豢养”的花儿，在唐诗里撒过娇，在宋词里醉过酒，在元曲里使过小性子，帮才子佳人熏染过几滴眼泪。现如今，芍药依然是最美光景，依然是可人心魂。

芍药一开，瞬间想起曾巩。

北宋元丰年间，曾巩在一个初夏乘船到亳州赴任。这一次，他又是知州。一连任了好几个州的知州，曾巩过得倒也闲散旷达。他每到一处，整治贪官污吏，打击豪强，平反冤案，引得百姓连连叫好。听说要到亳州上任，恰是如许节气，他异常开心。一入亳州地界，他就从船舱里走出来，站在船头，顿时一股花香飘进鼻孔，两岸如落霞，

芍花展妍

全是姹紫嫣红的芍药，心境风清气朗。亳州，无疑给他留下了非常完美的好印象。

后来，他在州府的住处里，广植芍药。每到四月谷雨前后，芍药开了，曾巩在厅堂里就能闻到花香，于是，他更名自己的客厅为芍药厅，并欣然写下“小碧阑干四月天，露红烟紫不胜妍”。清晨，下了一层露，醒来披衣来看，芍药开了，昨天还是含苞欲放，今晨已是露红烟紫，好不惹人爱怜。

曾巩在亳州生活的时间并不长，仅仅一年左右，就被调任沧州知州了。这一年，他在亳州很开心，因为有了芍药的相伴，如晤知己，处理好公务之余，他对花写诗，风月无边。

在曾巩的带动下，州城的北关，各豪商巨贾的宅院内都种植有芍药。四月末，整个亳城尽是芍药香氛，那时候，把亳州称为“花城”，恐怕也丝毫不为过吧。

也可以设想一下，那些在北关生活的富家公子，常常夜半秉烛赏花，甚至爱怜到以花来煮茶，或者让身边人用花瓣来烹一只鸡，卤半只鸭，风雅之至，且养生滋补，令人大快朵颐。

宋代，似乎是一个最适宜赏花的朝代。这个被称为“现代黎明的拂晓时辰”的朝代，经济发达，文化空前繁荣，文人墨客花间写词，饮酒，无上风雅。甚至，连男子的诗情也不那么豪放阳刚了，诗人杨万里写《芍药初生》时，把含苞待放的芍药花苞称为“红拳”，粉红的小拳头，打在人的心坎上，那样的微痒，那样的令人喜欢，难怪他后来说：“看来已可爱，未问有花无。”开不开花都不重要了，含苞之美已让人美不自支。

亳州作为芍药的主产区，在西周时期就开始了芍药种植，所以，很多文友问我，一年之中什么时候来亳州观光最好，我会毫不犹豫地告诉他：四月末、五月初。原因是：这时候，万亩芍药盛放，来到这里，每一个细胞里都熏染了芍药花的芬芳。

芍药烹香，红袖煮茶，且停停，待个三五天，下一站，再出发。

美不过四合院的月光

暮色四合，走进老街，只为接近一座建筑。

金陵糖业公所，这座建在咸宁街上的四合院，在清代，是镇江一带的糖纸商人建而议事的场所。

一对圆滚滚的石鼓，已经被岁月摩挲出了包浆。木门呈漆色，和即将到来的无边夜色恰如其分地融合在一起，灯就要亮起来了。

旧时，涡河江沓子码头上的船工号子唱起来，船已经回航，糖业公所里的茶盈盈地冒着香气。议事开始，今年的糖，年景会是怎样，哪些区域比较畅销……不知道这些糖纸商人听的是苏州评弹还是二夹弦，大红灯笼亮起来，茶足了，戏酣了，念去去，吱呀一声，木门关了，唯留公所门前的那对石鼓，独享咸宁街上的融融月光。

这些是旧时月色。如今的糖业公所，修葺一新之后，古色古香，

金陵糖业公所的灯光

典雅美观。走进去，音乐声飘满耳鼓，院子里一棵紫藤在春日的阳光里开得正好。花下，人影成双，对桌而坐。桌上，茶点飘香，咖啡正浓，恰是最闲适的情怀。

春日，花正好，晚上，月正圆，最好的光景莫过如此。在糖业公所的院落里，周遭的廊檐、雀替、屋檐、屋脊上的瑞兽、天边的星斗，都是那样的恰合人意。涡河的风吹来，有湿润的气息，在这样温暖的季节里，人与一座院子相约，是一件格外熨帖的事情。

在正屋内侧找个位子坐下来，月光透过花格窗照在人的脸上，也把剪影投射到地板上，月光总是那么会作画。屋内的木质房梁、木质家具，有着隐隐的香，外面的花开得那么好。这一切，总让人置身是古时的氛围里，若不是手里的咖啡，人，真的以为自己在穿越。

已经不再唱戏曲的舞台，依着照壁而设，民谣乐队的主唱唱着《春风十里》。月光朗朗照下来，杯中的酒映照当空的月，在这样古典的院落里，酒不醉人人自醉。

站在院子中央，仰面对月，整个人打转转，四四方方的院子变成了圆形，嗖嗖的风声里，让人有种催眠的感觉。四合院，应该是中国人最伟大的创造了，一家人，一座院子，其乐融融。若不是一家人，

四合院里的静物有种近乎禅者的安谧

即便是在大杂院，也能萌生团结、热闹、祥和……你家的馒头、我家的米饭，你家的肉，我家的茄，交换一下，十二种滋味在嘴角打转转。

汪曾祺说：“四合院是一个盒子。”如此说来，糖业公所是一个何其典雅的盒子，它不光贮存了一段时光，贮存了建筑之美，还贮存了一个时代和“甜蜜事业”有关的过往。中国人向来就是推崇方正的，方方正正，建筑如此，做人亦如此。也正是在这样的方正里，我们遇见花、鸟、石、榭、鱼，还有满天的星辉。

甜莫若糖，美不过四合院的月光。

小雨轻风落楝花

立夏过后，刚刚落了一场雨，我在大有街西边散步，遇见一棵高大楝树。楝花开得正好，淡紫色的花朵，像是满怀心事的女子，在等待一场雨，把自己的心事捎给脚下的土地，然后，雨水把它们带走。落花有意随流水。

每每看到楝花，我总想起王安石的诗句："小雨轻风落楝花，细红如雪点平沙。"楝花一开，一条巷子就温婉了，楝树高挑地站在那里，像一位名模，至少也是有资格参加"维多利亚的秘密"的那种；楝花一落，细细碎碎的小花，让一座院子变得瞬间雅致了许多，也让一条巷子立时有了幽深的感觉。

少年时，我和一帮小伙伴喜欢在楝树下嬉戏，摘一朵楝花，夹在女孩子的头上，玩过家家的游戏，嘴里念叨着不知道从哪一代长辈那里听来的儿歌："摘一朵楝花，恋一个家家，家在温暖在，花开楝不苦"。然后，笑嘻嘻地撩开女孩子头顶的手帕。这些天真无邪的游戏，不知道当下的乡村孩子是否还在演，旧时记忆像电影一样在脑海闪现。其实，每个人生来就爱表演，从过家家可以看出来天分，从一朵楝花上看出格调。

有很多人习惯上在楝花的前面加上一个"苦"字，称之为"苦楝花"。楝花的确是苦的，我曾抱着好奇心去尝过一次，后来才知道，楝花是有微毒的。我之所以尝，是看到祖母养的小羊羔格外爱吃楝树叶和花，吃起来津津有味，且发现楝花那么好看，应该吃起来也不错。殊不知，样貌和实质是两码事。当然，也不能因此就说楝花不美，美的东西数不胜数，不一定非要和吃搭上干系。

"楝花飘砌，簌簌清香细。"这是宋人谢逸《千秋岁·咏夏景》里的句子，人们只记得最后那句"人散后，一钩淡月天如水，"却忘了开头的两句也这样美。初夏，时节，繁花似锦，处处都是汪洋恣肆的花朵，哪里还有太多的人会关注楝花？莲花还写不过来，楝花这样小众，花瓣也这样细碎，在很多情况下应该是被遗忘的一缕香魂。

我坚信：一样的花，总能遇见一样心境的旅人。所以，唐宋以来，仍有许多人写楝花。时至如今，我们在乡村的田垄边，老街的院落里，仍能遇见楝树。

多年前，我在成都街头一个诗人开的酒吧门前遇见一排楝树，在初夏时节，幽幽地开着淡紫色的花朵，像是酒吧内喝了点红酒的女子，在和风深处醉意绵绵地说着酒话，或是向知己倾吐心事。我走在这样的楝花里，看前面有一位穿风衣的女子，一头秀发，有花瓣落在她的头上，也不拿掉，在初夏的风里，有一种遗世独立的美。

其实，二十四番花信风，始于梅花，终于楝花。楝花作为花信风的压轴之作，其美妙程度可见一斑。楝花一开，谷雨就过完了，立夏到了，满世界就铺满了成熟的气息。

难怪有诗人说，如果您错过了流星雨，不妨走到初夏的楝树下，那样一场花语，丝毫不输流星雨的斑斓……

一条姓何的巷子

一条巷子，名曰何家巷。旧时，有很多何姓之人居住，故名。

何家巷内已然剥落的墙壁，记录着旧时的繁华

何家巷，何其典雅！民居、会馆鳞次栉比，保存良好；街巷宽窄适宜，笔直幽深。六年前的一天，我曾误入这条巷子，在一家名叫“古淝公所”的文物保护单位前停步，黑漆木门，门后的墙上，有两只滚圆的洞。看门人考我，这是什么？我思忖半天终于开窍：闩门洞。

什么是闩门洞？旧时，高门大户的防盗意识很强，夜幕降临的时候，大门紧闭，为防止别人把门闩挑开，就在建造房子时，预留了闩门洞，滚圆的木头，闩门洞依照圆木的直径略宽设置。门关上之后，以圆木挡门后，圆木卡在门洞里，一木当关，万夫莫开。

垂花的门楼，常常大门紧闭，给人浓厚的神秘感。墙里，有女人的笑声，孩童的呼喊声，还有蔷薇花在墙上肆意盛放，夸张地展示给这个世界看。剥落的部分青砖，如粉，似是在春风里酥了骨肉。这样的砖瓦，总让人想起老街里店铺的花生酥，也是这样的酥，在晚春孟夏的时光里，没有一点原则地媚骨如焚。

养鸟的老者，肩挑着一根杆子，前一只鸟笼里是白燕，后一只鸟笼里是鹩哥。白燕的叫声在巷子里清脆而嘹亮，鹩哥如孩子，咿呀学语。有了这些小生灵，似乎巷子会更古，老人更像老人，才不寂寞。

何家巷里，姓何的人已经很少了，大都迁至外地居住，有的，还到了港澳台地区，靠的是药材生意发家。在悠远的时光里，祖业渐渐荒芜，直到一纸家书或电报邮寄给邻居——“院子，还望芳邻帮着打理，权作馈赠，只希望经年之后回家，依然是旧时样貌，故园不改，即可。”

从何家接过院子的邻人们大多遵循院主人的意愿，保留原有的房屋格局，保留原有的树木花草、原有的古井、原有的家具。大多数人再也没有回来，但是，故乡有人替他们驻守最后的归巢。家，依然鲜活地留存在他们异乡的梦呓里。

中国人向来是守规矩的，深受儒道思想的影响，千年不渝。所以，在老城深处的这条巷子，驻守原地的人即便一代代沿袭下去，竟然连巷子的名字也没有改，依然唤作“何家巷”。黄昏时分，人们闲下来，依然有须发皆白的老者给孙子重孙子在讲述建筑延续的过往，原主人

一池睡莲让家变得鲜活

的峥嵘岁月。夕阳柔柔地照射在祖孙二人的脸上，恍若隔世。

沿着巷子向前走，街角有一家老邮局，三进式院落，依然是旧时格局。这些深深镌刻有时光印记的建筑，承载着几代人的记忆。如今，老邮局正在修复。置身其中，在老邮局的美人靠上看古建筑修复的工匠们忙碌，设想，若真有神奇的明信片，我想邮寄一张给旧时光，让它告诉我，何家巷以前的样子，或者捎带一串老艺人的吆喝声，给我。

何家巷，何家不曾是我家？在无涯的时光里，向前推算若干个轮回，说不定我也曾是何家巷里寒窗苦读的一位书生，寄托着“修身齐家治国平天下”的梦……

做个亳州人是件幸福的事

近日，翻阅林琳先生所绘的《画说老亳州》才发现，在旧时，做一个老亳州人，是一件十分惬意的事情。

去老砖街茶馆里喝一碗盖碗茶，让时光在茶香里凝滞。瓜片、龙井、茉莉花茶等，应有尽有，茶点三四碟。糕点全都是洪济桥那边的糕点铺定时送过来的，佐以茶吃，回味悠长。

去华清池泡泡打发一个午后的光阴。华清池是当时设施最豪华的休闲场所。澡堂子是亳州人休闲的好去处，尤其是冬日，叫上一杯茶叶末沏的茶，一只刀切的水萝卜。这种萝卜是青的，来自一个叫秦大园的村庄，秦大园萝卜被称为水果萝卜，甜而不辣，顺气养生，洗过热水澡来吃，口舌生津。

林琳先生所绘制的《话说老亳州》内页

去蒋天源糟坊打上二两玫瑰露，抑或是竹叶青来喝。这家被称为“天源涌”的酿酒作坊，采用的原料都是来自亳州大地上的高粱、小麦、豌豆等作物。酿造方法也是古法蒸锅，酿酒之水取自涡河，喝起来，绵柔酣畅，爽口回甘，是岁月馈赠给我们的不二佳酿。

自己吃饱喝足还不行，亳州的男人都顾家。过了涡河，到估衣街的大兴粮坊称十斤米，再去紫阳斋酱菜园打二两酱菜，伴着夜色回到家，尽享天伦之乐。一家人其乐融融，羡煞人的眼球。

次日清晨，伴着鸟鸣和繁华的市声醒来，可以自己做早饭，也可以到老街上买上一块牛肉馍，用粗瓷茶缸打上满满一茶缸咸麻糊。然后，送孩子去培英书院或柳湖书院上学。送完孩子，先不忙着走，在墙根处听孩子的朗朗读书声，那声音夹杂着蜜意，宛如天籁。

打发时光的方式又何止一种？如果你是个文艺青年，还可以到爬子巷的广益书局去看会儿书，经史子集，线装书、碑帖拓片、古籍挂图、手抄本，让人应接不暇，亮瞎你的眼睛。沉入广益书局的书海之中，看上两个时辰，你的知识富足了，接娃的时间也到了，父子或母女一

广益书局

同回到家里，门楣又亮了一重。

如果你爱好女红，就到和泰恒绸缎庄去撕几尺布，截一匹毛呢，购些许绫罗绸缎回家，给在外打拼的男人做一件衣服，给自己心仪的人绣上一对鸳鸯，或者给孩子缝制一双虎头鞋，都是不错的选择。岁月就在这样的缝缝补补里，如花一样绽放。

身体有些小恙也不打紧。同仁堂里的老郎中给你开一肥药，承庆堂里买一贴膏药，普庆堂国药店里熬上一剂汤，小恙瞬间就被瓦解了。谁让亳州是华佗故里呢，谁让亳州的药材如此灵验呢？对于小灾小病，权当长长见识，那都不是个事儿。

在旧时，做一个亳州人真是一件幸福的事情。

（本文手绘图选自林琳先生《画说老亳州》一书）

张虚谷这个人

张虚谷这个人，名字俏皮！虚怀若谷嘛，一听就是儒商。

很多人对他的认识，大都是通过他的宅院。张虚谷的祖上在河南登封做县知事，还有人在开封做过主管建设的官员，他的宅院都是从开封找来的工匠修建而成的，八砖铺地，青石奠基，建筑雕梁画栋，

富丽堂皇，古色古香，远远就能望见垂花门楼。走进一看，影壁上一个大大的“福”字，透花墙框景雅致，远超江南园林的桃花浪雕墙。

张虚谷故宅内景

可以说，这是目前亳州仅留的为数不多的典型建筑。

张虚谷所经营的门类是铁器，他在白布大街经营着两家铁货店，一曰北义兴，一曰南义兴。这个人的性格和嵇康有一些相似，不拘小节，精通铁货制作的全部流程，据说，还能亲自制作。

单纯是经营铁器，难免有一些冷冰冰。张虚谷这个人就是细腻，在自家铁货店北首的帽铺街还经营了一家炉坊，专卖各种炉子，算是中和了铁货的森然之气。

单纯是城里有产业不说，张虚谷性格恬淡，好农桑之事，且事必躬亲，开过绸缎庄，在乡下还有大片农田，用来种桑养蚕。在亳州乡村，很多人都见过他在田间忙碌的影子，总之，他是一个大大咧咧的士绅。

应该说，史志上关于张虚谷的记载并不多，足见他是个低调的人。有一个细节可以证明他的低调：他祖上做过县知事，家里保留有“回避”“肃静”的牌子，都给藏在仓库，生怕别人说他显摆。

还有一点，在北关老街，有一家隶属河南商会的怀庆会馆，主要是铁货商人的聚集地。张虚谷很少到那里聚会，即便是去了，也温文尔雅，默不作声，从不飞扬跋扈为谁雄。

如此一个低调的儒商，坐拥一方宅院，毗邻道德中宫，沾染仙气，平日里莳花弄草，观书养鱼，兴致来了，跑到乡下种个地，日子过得好不潇洒，张虚谷恐怕是亳州有史以来最懂得享受生活的士绅了。

（本文摄影：王旭）

亳州印象
爬子巷 PaziAlley

聚藝堂

一座古城的厚度，不光体现在其建筑上，还体现在味蕾上。味蕾上的亳州古城，在日光下活色生香，在月光下撩人胃口，在不经意的品尝后，你会终生难忘。亳州古城之味，也是亳州人的乡愁所在。

寻味亳州，首选花戏楼街

了解一座城市的气质，最有效的方式是去品尝这座城市的美食。美食，是最直接感知一座城市温度的媒介。

亳州，作为国家历史文化名城，拥有 3700 多年人文历史，这里是中国小麦的最早种植区域，悠久的农业文明，催生了丰富的美食烹饪方式。这些美食，以面食为主要特色，干扣面、板面、炝锅杂面……通过烹炸煎煮，滋润了一代又一代亳州人的味蕾。

大多数城市的美食多以散落的星斗状，分布在城市的角角落落。而旅游城市，则多以集中一条美食街的形式展示在一个区域。亳州的特色美食街，就在花戏楼街。

花戏楼街以国家 4A 级景区而得名，北通涡河，南至和平路，全长约 800 米，整体位于北关历史街区范围内。花戏楼街为南北走向，

晨曦初升，花戏楼街小木屋静待来人

街区呈现鱼骨状，左右连通北关历史街区的其他街巷，通达性好，热闹非凡。

走进花戏楼街，一派明清建筑风格映入眼帘，檐牙高啄，雕花悬窗，古色古香。在这样的老街享用美食，除却美食的色香味，在意境上，更胜出一筹。

花戏楼街的美食多以本地特色为主。比如，铜黄酣畅的牛肉馍，在植物油中浸润煎烹，出锅以后，一刀斩下去，咔嚓——粉丝和碎牛肉的香瞬间充盈你的鼻孔，让人垂涎三尺；干香劲道的锅盔，这种曹操发明的美食，战时被用作干粮用。据传，坚硬的锅盔壳还能抵挡飞箭，有一定的防身功效；浓郁的牛肉汤，精选亳州这座中原粮仓上地产的黄牛肉，切块熬煮，以红薯粉丝相佐，喝来，酣畅淋漓，如再佐以酸萝卜，不光味美，还可以解宿醉；绵柔香浓的马糊，有浓浓的芝麻香，却是豆沫制作而成，分咸味和甜味两种，咸味的配牛肉馍和油条来吃，甜味的配烫面角来吃，味道各有千秋……

早上，城市在第一缕曙光里醒来，花戏楼街的店主们卸下门板，开门迎客。盈盈的早点的热气，把整条街笼罩在一片诱人的氛围里。

花戏楼街上的舞龙活动

盛上一碗热气腾腾的粥，叫上一份牛肉馍，佐以小咸菜，这才是纯正的亳州味道！

到了中午，“三汤”的主场就要到了。所谓“三汤”，就是牛肉汤、羊肉汤、狗肉汤。亳州是回族的主要生活区域之一，在他们的带动下，带来了地道的牛羊肉烹饪方法，以牛羊肉汤为主，佐以铁鏊子上烙出来的烙馍，两者是黄金搭档。当然，也可以佐以展沟烧饼，展沟烧饼又名“鞋底烧饼”，以形似鞋底而得名，烧饼中有肉馅儿，深得食客们的追捧。在汉族集聚区则喜食狗肉。狗肉，又称“地羊”，旧时，在农村，有“狗肉香，飘满庄”的说法，足见狗肉的香之诱人。狗肉，又有“至尊肾宝”的美誉，是上好的滋补佳品，一碗狗肉汤，人生得康庄。

晚上，夜的大幕拉开，花戏楼街在灯光的映照下，尽显古建筑之美，

越发显得富丽堂皇，有旧时“花市灯如昼”的氛围。一座城市的夜生活，在一定程度上也印证了它的繁荣程度。数百年来，亳州以药都的身份闪耀在中国的版图上，北关历史街区自古商贾云集，沿着花戏楼街又是会馆的主要集中区域，这里是地道的会商天下之所。晚上去花戏楼街，叫上一瓶古井贡酒，吃上一份铜锅涮肉，邀三五知己一诉衷肠，欣赏着街区无边的夜色，何等的快意潇洒？

夜深以后，花戏楼街逐渐安静下来，仍有部分游人在闲逛。他们，是这座城市迟到的造访者。这时候看这条街道，安谧自然，像是一位熟睡了的老人。经历了百年的人间烟火，街容街貌是其一笑一颦，祥和的夜色枕着幽静的涡水，且眠去。明天，又是一个活色生香的开篇。

到老街，吃一碗三花面

春日去北关老街，有两种意图，一为看街墙上的花朵，二为吃一碗三花面。街墙上的风景，妖冶分明；小馆子内的三花面，透着难以抑制的香。

三花面是凉面的一种，只不过在做法上比一般的凉面更精致。三花，即黄瓜花、变蛋花、西红柿花。有时候，还把豆角切碎，做成豆角花。

花，是皖北人对切碎或切成丝状的食物的别样称谓。比如，把黄瓜切成丝，称之为“黄瓜花”；把西红柿切成丁，称之为“西红柿花”，把变蛋切成碎末；称之为“变蛋花”。如此种种，不一而足。

亳州北关的老街街角有一家小馆子，小馆子的主人和三五朋友早年在北京从事药材生意。药材生意做得风生水起之后，朋友们继续做他们的生意，而他，则恋上了北京的炸酱面。爱吃面的他，索性放弃了很赚钱的药材生意，一心钻进庖厨的角色中。天长日久，他改良了北京炸酱面，并结合皖北人爱吃的凉面做法，取其精华，弃其糟粕，发明了三花面。

三花面的做法很简单，把面条放入沸水中煮上五滚儿，煮面的间隙，把黄瓜、豆角、西红柿切成丝、块、末状，同时，剥蒜，放入蒜臼里捣碎，把变蛋黄与蒜汁一起搅拌，放入芝麻油，把变蛋青切成末，待到面条煮熟之后，捞出纯净水中冰着。三分钟后，捞面出来，放入

诱人的三花面

玻璃碗里调拌。调拌用的佐料很讲究：在蒜臼内放入少许醋、足够多的麻油，两勺酱油等，然后倒入事先氽水的碎豆角，与西红柿、黄瓜丝、面条一起调拌均匀，稍事摆盘，黄、红、青、白，煞是可人，吃起来，开胃爽口，很受食客们的欢迎。

三花面很有魔力，这种面比炸酱面更开胃，且更好看，色香味俱全。在回暖的春日来吃，望着老街内的青砖灰瓦，以及院墙上的花花朵朵，有一种“世界风景皆入我口中、入我眼中、入我心中”的满足感。

春水微澜，春阳初升，春林初盛，春光大好。暖暖的春日，百花次第盛开，到北关老街，吃上一碗三花面，黄瓜可口，西红柿补充维生素，大蒜开胃败毒，健康养生，食客们都盛赞其为“天下第一颜值凉面”！

情迷小馆子

说起小馆子的魅力，我觉得关键在“小”，大而无当，小巧玲珑。

小馆子的格局可以就几十平方米，一张柜台，摆两三张桌子。可以是夫妻店，也可以就掌柜的一人忙活。客人来了，点的也就那三两样拿手的好菜，这样的菜，在这样的城市，就这家小馆子能吃到，那就够了。喝的呢，是自酿的小酒，烧刀子，粮食酒，喝着放心，尤其是配上地道小菜，那才叫酒与菜的“灵魂契合”。

夜幕降临，一灯如豆，小馆子里的光线并不好，恰恰是这样的氛围，又最适合三五好友聚会闲聊。酒满上，两个小凉菜刚刚上桌，就喝起来。很多情况下，氛围的朴素反倒能让人的感情华丽起来，这是一种怎样微妙的“此消彼长”？相反，真若是换到了装修入时的星级酒店，七八个老友坐下来，灯光明亮，餐桌阔大，你与我能距离一米开外，吃的是全国各地都一样的“酒店菜”，那感觉立马就远了。

亳州北关的南京巷里，有一家蒋记烧鸡，开了很多年。这家的烧鸡吃起来肉酥、皮脆，远近闻名，通常情况下是需要排队很久才能买上一只的。店面很小，在两条街道的拐角处，也没有花哨的装饰，络绎不断的食客们，就是它味道的最好明证。

很多时候，去某一家店，只为吃那里的某一道招牌菜。比如，早几年，我常常去花戏楼街的“老街小店”，是一家回民餐馆，最知名的菜肴是“酥牛肚”。牛肚做不好，要么味同嚼蜡，要么如橡皮筋一样难以下咽。然而，这老街小店的酥牛肚，用独特的中药材作佐料来烹制，一块酥牛肚，足以激活你业已麻木的味蕾，让你整个人都为之一振。

小馆子，对于一条街道来说，就是镶嵌在街道上的一粒红玛瑙。那份红，就是灶头上嘶嘶跳跃的火舌。这样的小店，人们走在街上，望一眼，就有忍不住走进去的冲动，即便不进去喝一杯，也会回头多看几眼。对，小馆子就是这样，要么撩人的胃，要么就撩人的眼。总之，是撩人，这就够了。

村上春树说："如果一个城市没有愿意开小酒馆的人，那这个城市无论多有钱，都只是一个内心空虚的城市！"很庆幸的是，我所在的城市，街巷如麻，里面"丛生"着各色的小馆子。这些小馆子在岁月深处野蛮生长，你喊它"小店"也好，喊它"苍蝇馆子"也罢，喊它"特色记忆"也好，就好比你喊曹操"曹孟德"也可，喊他"阿瞒"也未尝不可，只要足够传奇就够了，或者传神也可，最起码也得是有些传说吧……

情迷小馆子。

古道芍花鸡

四月底，正是芍药盛开的季节，铺天盖地的芍药花绽放在原野里，整个皖北大地像是铺上了一层花的毯子，正值季春，人的胃口格外好，这个时节，若是来到全国最大的药都亳州，应该去吃一份药膳，若要应景一些，就不妨品尝一下芍花鸡。

芍花鸡的做法较为考究。首先，要选择大田放养的公鸡仔，这样的公鸡口感极佳，与芍花的香气也最能融合，做到浑然一体；公鸡仔杀掉后，褪毛洗净后，放入滚水，焯水，滤去血沫，然后，加入药都当地的井水，或者是矿泉水，炖一个时辰左右；再把亳芍、桔梗、辛夷花、参片等名贵中药材做成秘制料包，再次放入锅内炖半个时辰左右，撒上几瓣芍药花，这样，芍花鸡就做成了。开锅以后的芍花鸡，色香味俱全，嫩而不腻。

亳州是神医华佗的故乡。据传，芍花鸡的发明者不是别人，正是华佗。华佗在故园行医时，一日，一位慈眉善目的妇人推开了华佗的柴扉，向华佗求救。原来，她是谯郡城中的刘老夫人，家有一女，待字闺中，就到了谈婚论嫁的年龄。刘家小姐早已与城内的张家公子指腹为婚，眼看婚期将至，却突然消瘦，口舌生疮，一副病入膏肓的样子。刘家小姐形容憔悴，远不是先前的花容月貌，这样下去，该如何是好。

华佗亲自登门刘府，帮小姐看了病。看毕，全家人都翘首以盼华佗开方熬药。殊不知，华佗却一指刘府院内的个一只小公鸡说，把它逮来！然后，华佗到园子里掐了几朵芍花，到后厨如此再三地安排一通，便微笑着离府而去。

刘家小姐整整用一个月的时间，吃了十余只小公鸡，把花园里的芍花吃了数十朵，体态便丰腴起来，面色红润，似两朵芍花飞在腮间，口舌之间的疮也早不见了。自古以来，药食同源，食疗又是最好的治病方式。华佗之所以给刘家小姐开了这样一道奇异的“方子”，实因看中了芍药的疗效：养血和营、缓急止痛、敛阴平肝。因此，常啖芍花鸡，自然能平肝去燥、理气补血。

后来，药都人历经数代，精心调配，根据现代人的身体状况精心调制料包，做成了芍花鸡，也有人称之为“华佗养生芍花鸡”或“古道芍花鸡”。

尤其是在四月之末来到亳州，芍花开得汪洋恣肆，赏花之余，一定要去吃一份这个季节独有的药膳——芍花鸡，芍花鸡不光味道极好，而且有一股鲜花的香氛，看上去汤色清澈，有“芍花流水、春色阑珊”的中国画意蕴，更有美容养颜之功效。如果主人为你点上这样一道菜，不用问，一定是拿你当贵客来待了。

芍花鸡

微醺过老街

喝了点酒，去夜晚的亳州老街逛逛。微醺时刻，老街的样子会增添几分妩媚。青砖铺路，组合成各种花样，有的像八卦图，有的像骏马，有的像一朵花，但这都不是最想看的。灯光亮起的老街，似一个女子施了粉、化了妆，有了精神。

我曾有两次游大理老街的经历，一次是没喝酒去的，感觉到人潮汹涌，各色商品——普洱茶、山珍、香烟，和云南其他地方的老街没有什么两样；第二次是在一个古典的院子里喝了些酒，出来的时候，大理老街上小桥流水、灯火通明，人影绰绰，白族阿妹的歌声甜美动人，茶馆里的普洱茶浓郁得像一口井。远处，山色朦胧；近处，街灯呈现琥珀色。我一下子买了很多礼物给朋友，告诉他们，这是在我醉眼迷离时最中意的礼物。

酒壮怂人胆，酒也一样壮人的购物欲。其实，还远不止如此。六年前，在老街还没有修缮的时候，我和本地报社的总编刘恒新先生一人喝掉一瓶黄酒，就着夜色从粮坊会馆出发，穿过咸宁街，走进一条又一条小巷。街巷安静，天心悬一月，澄澈动人，周遭的街道在我的眼里，恬静而端庄。之前我从没有觉得那些街道是如许好看。由此看来，酒对人的审美情趣也有一定的调和作用。

去年，在黄山的屯溪老街附近开笔会。喝到微醺时，去老街闲逛，遇见了一位弹吉他的艺人在献唱，我和三位文友竟然和他商量，帮他唱歌，他欣然应允。只知道那一天，人散后，一弯新月恰好，我们到底是帮了弹吉他的艺人还是拖了他的后腿，真不得而知。第二天，回忆起昨晚的事情，纷纷表示，在不喝酒的情况下，是不可能这么放开去做的。

范成大说："回风佐小舞，薄日生微醺。"若是微风徐徐，微醺着走到三五百年的老街，兴许会生出许多诗情，感觉汉时风、唐时雨、宋明的词人都要出来，与自己搭讪。浅浅地饮上几杯就好，不必非和李太白一样，到"对影成三人"的地步，在"红潮生面就微醺"时分，走进一片老街，最能感知古韵，最能激发诗情，最能放空自己，让一颗心与一条街，在一杯酒里，彼此"确认过眼神"。写到这里，终于明白诗歌中"相看两不厌"的神韵了。

小巷焦虾

闲暇时，我喜欢朝小巷深处走，那里有许多树，有朴实的坊里人家，也有意想不到的美味。

曾经在兴隆街遇见一位烹制焦虾的老者。一进街口，我就闻到了虾的鲜香。虾是最新鲜的河虾，外面挂了一层面糊，面糊是用鸡蛋和麻油和出来的，放了适量的细盐和佐料。油沸时，把挂了面糊的河虾下锅，炸至金黄，原本一只一只的河虾抱便团成了一个虾饼，这时候，翻过来再炸一下，捞出来，控油，焦虾在箅子上嘶嘶地冒着热气。油控好了，虾也凉了，这时候来吃，香酥可口。汤碗口大小的焦虾饼，像极了中秋的月亮，一个人吃上半饼是完全不在话下的。

我问老人，怎么想起来这样做焦虾？

老人笑曰，他家祖上一直是浪里浮沉的渔民，打上来的河虾，卖不完，又不好养，索性做成焦虾。一开始是自己吃，后来，分给邻居们，他们大呼美味。再后来，他们从水上转为岸上生活，于是，就以烹制焦虾为生计。无心插柳柳成荫，烹制焦虾得来的收入反倒比打鱼得来的还要多。

河虾是最惬意的水生物，也是最调皮的。我曾静静观察过水里的河虾，触角与别的物体接触时，瞬间蹬开，箭矢一般，水中姿态，舞步悠闲。也正是这样舞步悠闲、爱运动的河虾，才成就了它的高蛋白质和超级精细的肌肉纤维，吃起来，弹口酥脆，深得人心。

鲁迅先生尤爱食虾，他说："虾是水世界里的呆子，决不惮用了自己的两个钳捧着钩尖送到嘴里去的，所以不半天便可以钓到一大碗。这虾照例是归我吃的。"鲁迅先生吃虾，一般是盐水虾和醉虾，不知道有没有吃过焦虾。

前几日，去家边的小馆子吃酒，看到菜单上的"酥炸焦虾"字样，毫不犹豫点了一份，味道似曾相识，问老板："是店内大厨自己做的吗？"老板说："不是，兴隆街的。"足见，兴隆街小巷的焦虾已经美味远播了。

一饼饼焦虾散发着诱人的香味，让人未至小巷，先闻其味，以至于很多人到兴隆街去，忘了欣赏街景，而是陶醉在焦虾的美食诱惑里。

英雄难过水门关

水门关是个什么关？

既不是美人关，也不是鬼门关。

相传，清朝中后期，每年夏季，由于接连暴雨导致黄河决口，药都亳州常常发生水患。老城北关的商业街深受其害，城墙圩子被水泡成一摊泥浆。一日，大水又至，时任亳州知州一筹莫展，眼看着水已经漫到涡河大堤南岸，无奈之下，只得沐浴更衣，到涡河大堤之南上香叩拜，然后把自己的官帽和朝服一同扔进滔滔洪水之中。说也奇怪，水就此打住。自此以后，即便再大的水患，都没有超过知州投官帽朝服之处，后人把此处称为“水门关”。

因知州投官帽朝服，救了满城百姓，此处被奉为风水宝地，许多商业街纷纷在此交会。后来，水门关街连同白布大街、帽铺街、炭场街、爬子巷、德振街一起，被誉为“八步六条街”。“八步六条街”后来成为北关老街盛景，往来客商络绎不绝，成为名噪一时的商业副中心。

清光绪二年（1876），自幼生在烹饪世家的刘协也看中了这块风水宝地，随父到了水门关街，在这里开了一家酒馆。酒旗随风飘扬，来此就餐的食客们趋之若鹜，不光是依着天时地利，更在于“人和”。所谓“人和”，就是刘家祖传一门看家本领，那就是制作酥肉。

刘家酥肉与众不同，似乎是从《水浒传》里走出来。它结合亳州人厚道大方的脾性，把前蹄膀肉去筋剔骨，切成大块，文火慢炖四个小时后，捞出，抹上蜂蜜，放入沸油中烹炸，直至肉色金黄，捞出进

八步六条街之水门关

行二次卤煮。卤的程序极其关键，采用的配方均来自药都亳州药市上所购的38种名贵中药材，以这些中药为佐料，卤至酥软绵滑。这样做出来的酥肉，晶莹透亮，肥而不腻，酥而不烂，入口香气萦绕味蕾，让人欲罢不能。

除了酥肉之外，刘协还精心钻研，创造了另一道美味——红心月牙蹄。红心月牙蹄以猪蹄为原料，加入蜂蜜过油炸，然后进行卤煮，做出来的猪蹄晶莹如琥珀，呈月牙状，中有红心，所以被称为“红心月牙蹄”，这种猪蹄既美味可口，又锁住了大量胶原蛋白，是道名副其实的美人菜，很多北关大户里的千金都央人来买。

所以，刘家酥肉店最热闹时，男人进店吃酥肉品美酒，丫鬟们排队帮自家小姐来买红心月牙蹄，场面蔚为壮观。

古人云，英雄难过美人关，但这句话到了亳州，还被修改成了“英雄难过水门关”，只因走到水门关，闻到刘协酥肉的香，立马走不动了！

后来，刘协的后人们不忘祖业，秉承秘制酥肉的配方，一部分人继续留在亳州城，一部分回到亳州城南的十九里镇。笔者在十九里镇上中学时曾多次在刘麟酥肉店吃午饭。那时候，我等穷学生还只能吃酥肉汤（俗称“老汤”）下的面。面端上来，望着大厨们切酥肉的砧板发呆，弹性极好的酥肉，在砧板上卤汁乱溢，挑逗着我们的胃口，以至于很长一段时间内，我好好读书的最大梦想就是放肆地在刘麟酥肉店吃一顿酥肉……

雨天，在老院子喝茶

有人说："最重要的不是下雨天，而是和你一起躲过雨的屋檐。"这话说得"含糖量"极高，年轻人喜欢。而我喜欢的一句是："雨天里的舌尖，会停栖在哪一种杯盏？"

雨天是最适宜喝茶的。烈日灼心之时，再去喝茶，人会没有耐性，即便是蹲在空调屋里不出来，杯中茶也会有浓浓的发酵感。还是让气温低一些，再低一些，我们撑着伞，走进老街内的茶馆，要上一间茶室，坐在蒲团上，闻一闻满屋木与草的香气，点上一杯老白茶，用铁壶煮开了，注在杯盏里，任盈盈的茶香散开去，听窗外的雨声，一颗心安宁下来，这时候，最适宜"三方会谈"。

我有时候会想，一代枭雄曹操喝茶吗？这位"对酒当歌，人生几何"的英雄，向来是喜欢饮酒的，也喜欢借解酒来表达忠诚之心，比如，进贡家乡的“九酝春酒”给汉献帝；再比如，他和刘备青梅煮酒论英雄，还拿“天下英雄，惟使君与操耳”这样的酒话来试探刘备……酒似乎是在历史书籍中出现频率最高的饮品，不适合闲适的时候来饮。还是茶好，比如，就“曹操爱不爱喝茶”这个问题，电影《赤壁》中就有描述，曹操笑谈：“小乔，我最欣赏你的茶艺了！”美人煎茶，向来是最惹人心动的话题，置炭、燃炉、煮水、烤茶、烹茗、激花、点茶、分盏、敬茶，这些礼仪一套做下来，茶的香自然增加了几重。好比是当年贵妃吃荔枝，非要快马加鞭，一匹又一匹地马跑下去。一骑红尘之后，才能换来妃子的笑声，营造浓浓的期待感和仪式感。

就像喝茶，在自己家喝不也一样吗？干吗非要去老街老院子？与之相同的命题，在故乡看山水不也一样吗？何必要跋山涉水，盖旅馆里漂白剂味道很重的被子？不也是期待感与新鲜感在作祟吗？

就好比这皖北立夏后的雨天，也一改干燥的春日，格外地多起来。这样一方天地，到了这样的季节，就好比女人到了中年，更年期了，话也多了，似这眼前的雨点。还是需要一杯茶来中和这眼前的氛围的，湿漉漉的石板路，油亮的屋檐，喝足了水的盆景与花草，在水声与茶声的交响乐里，茶不醉人，人自沉醉。

幽兰生前庭，含薰待清风。茶尽时，天晴了，鸟雀的羽翼划过的天空，一如被茶洗涤过的内心。

在曹操纪念馆门前吃牛杂面

逛完了曹操纪念馆，感佩于乱世英雄曹操文韬武略的时候，陡然发觉饥肠辘辘。我不知道你有没有这样的感觉，每每去旅游，或者看书看到深夜，总容易饿。知识总是耗费心力，挖空你的肚子，装满你的脑子。这是多么高雅的能量搬运过程。

曹操曾著有《四时食制》，记载东汉时期各种风味佳肴的做法。曹操也是一位吃货，在他“政治家、军事家、文学家”的称谓后面，一定要加上一个“美食家”才行。三国时期，人多以面食为主，偶有食肉，也多以猪、羊、禽类为主。牛肉非常金贵，一般很少有人吃。别说是吃了，就算用鞭子打中也要谨慎，古时有“立春不鞭牛”之说，也就是立春这天，不能用鞭子抽打耕牛。

仔细一想也是，农业文明时代，牛是主要的劳力，只有垂垂老矣，才会被人杀掉吃肉。牛肉吃了，牛杂也舍不得丢。比如：牛肚、牛肠、牛筋之类，被做成牛杂面。据传，曹操是牛杂面的发明者。

中国人从汉朝才开始吃面条。那时候的面条还不叫“面条”，因为下到汤里，被唤作“汤饼”。面条刚刚问世，肯定是稀罕物，曹操让厨子摸索着，怎样把一碗面条下得更美味。厨子就瞄准了刚刚宰牛获得的牛杂。

厨子把新鲜的牛肚、牛肠清洗干净，在沸水里煮上一滚，把水倒掉，切丁后，在汤盆里腌制，然后，把牛筋红烧一下，牛筋烧至四成熟，把腌制好的牛肚和牛肠倒入锅内，与牛筋混煮。再佐以亳州地产的药材、香料、甜酱，很快，汤汁浓郁，香气扑鼻。

这时候，烧两锅开水，一锅用来焯绿豆芽，一锅用来下面。焯好的绿豆芽放在碗底，然后，面煮三滚儿，捞出来，放到绿豆芽的上面，稍稍放一些面汤，这时候，淋上卤好的牛杂，撒上小香葱一把，味道美极了。

当然了，这个是成功做法。一开始，厨子可不是这么做的，他是把牛杂与面同煮，味道上就欠佳了许多。曹操是个为了吃喝不惜挖空心思的人，他事先把牛杂卤好，用来浇汁，味道上，就厚实多了，且牛杂的香，手擀面淀粉的甜，层次感分明，再佐以小香葱，鲜味就足了。据说，有一次，曹操帐中一谋士曾连吃三碗仍意犹未尽。古时文人都是有气节和风骨的，吃面者，绝对没有恭维的成分。

曹操喜欢借着美食谈时局。他说，一碗面，好比一个国家，牛杂是武将，香葱是谋士，绿豆芽是文官，武将的油腻，需要文官的清新来调解，若要让个中关系俏皮一些，就需要谋士撮合设计。此为面语，更是智者的风雅之喻。

今天，在曹操纪念馆门前遇见牛杂面，就好比在鲁迅故居前遇见茴香豆，哪有不吃的道理。我叫上一份牛杂面，顺带叫了一份腌辣椒，在初伏的七月，吃得大汗淋漓，昨夜的空调病也随着一身透汗全然不见了。回到家，冲个澡，嘴角仍留有牛杂面的香。

娃娃鱼

这里说的“娃娃鱼”可不是“大鲵”，而是一种美食。这种美食，在全国各地叫法不一，譬如，在四川宜宾，称为“哄上坡”，意思是吃这东西不当饱，只能是哄一下自己的口腹；还有些地方称之为“漏鱼”，或者是“漏漏”，无非是从其形状和制作方法上来命名的；在皖北一带，则称之为“娃娃鱼”，这种叫法很萌，很可爱。当然了，也深得女士和小孩子的喜欢。

夏末秋初，在亳州老街上，随处可以吃到娃娃鱼，爽滑可口，大料煮水的香，融合了多种名贵的中药材；刚下来的大蒜汁的鲜，提升了美食的厚度；橙红色的胡萝卜丁脆香满口，是爽滑后的点点惊喜。因此，常常见美女走在街头，手里端着一只透明的塑料杯，一根吸管，呼呼啦啦地，整杯子的娃娃鱼很快被抽进胃口的海洋。

娃娃鱼的制作方法十分简单。原料来自沃野千里的皖北大地，颗粒饱满的绿豆、高粱、玉米、红薯等选用由它们做成的淀粉，先按照一分水、五分淀粉的比例调成糊，然后烧开一锅开水，把糊状的淀粉通过漏勺漏到沸水中，不停地搅拌。稍等片刻，似水中有着百千条蝌蚪和鱼苗在畅游，这时候捞出来，放到水中冰镇一下，即可食用。

皖北人吃娃娃鱼，喜欢放一些糖在大料中，这样吃起来的甜甜的，味道更足。四川人吃娃娃鱼，就截然不同了，他们喜食辣子，把辣椒油放进去，辣味十足，酸爽过瘾。四川有这样一首诗来形容娃娃鱼的鲜美："冰镇刮条漏鱼窜，晶莹沁齿有余寒。味调浓淡随君意，只管凉来不管酸。"一首诗，写尽了食客们对娃娃鱼的喜爱。

"80后"们，是经历着中国经济社会转型的关键一代，他们小时候，物质生活大都不怎么充实，人们变换着法子改善生活，一种淀粉也能制作出各种吃食，于是，就有了娃娃鱼，就有了凉粉，就有了粉丝等。祖辈们在艰涩的生活中，用自己的智慧把平淡的生活原料变幻成各种神奇的吃食，来满足口腹之欲，同时，这也是在培养我们对生活的激情，告诉我们：其实，生活还可以这般美味。

人都是有乡愁的，娃娃鱼足以代表现如今30岁左右人的乡愁，足以成为他们回首往事时的一种美味符号。美食的功用对人记忆烙印的敲打，岂止是味蕾，还是心尖上完美的纪念戳。